L'Art de se connaître soi-même

Collection dirigée par Lidia Breda

Du même auteur
chez le même éditeur

Douleurs du monde
Contre la philosophie universitaire
Essai sur le libre arbitre
Petits écrits français

Arthur Schopenhauer

L'Art de se connaître soi-même

ou

Eis beautón

Traduction de l'allemand
de Laurent Ferec

Préface et notes de Franco Volpi

Rivages poche
Petite Bibliothèque

Retrouvez l'ensemble des parutions
des Éditions Payot & Rivages sur
payot-rivages.fr

Titre original :
Die Kunst, sich selbst zu erkennen

106, boulevard Saint-Germain – 75006 Paris

Préface

Connais-toi toi-même !

La connaissance de soi est le premier pas sur la voie de la sagesse. « Connais-toi toi-même ! », γνῶθι σεαυτόν, *nosce te ipsum* : cette injonction, venue de la nuit des temps et attribuée à l'un des sept sages, est censée guider qui veut être heureux. Elle concentre en soi la sagesse de la vie et s'est transmise presque sans interruption sans perdre en influence. Les sources les plus anciennes la mentionnent comme un commandement initiatique pour parvenir à la réalisation de soi, et renvoient à son origine divine. Elle était gravée comme précepte sur le temple d'Apollon à Delphes, autrement dit au « nombril du monde », le lieu où deux aigles que Zeus avait lâchés aux extrémités du cosmos se croisèrent dans leur vol dirigé vers le centre de la terre. On débat aujourd'hui encore de sa signification. Était-elle exclusivement liée au culte et n'avait-elle pour sens que d'inviter celui qui voulait interroger l'oracle à commencer par y voir clair en soi afin de poser la bonne question ? Ou bien avait-elle un sens sacré et religieux plus général, stipulant que celui qui s'apprêtait à pénétrer dans le saint temple devait avoir à l'esprit qu'il n'était pas un être divin, mais un simple mortel ?

« Connais-toi toi-même » est en même temps la pierre angulaire de la philosophie, comprise comme l'« amour de la vérité ». C'est la première règle de vie que la philosophie se propose de transmettre, depuis toujours. « Il a été accordé à tous les hommes de pouvoir se connaître soi-même », affirmait déjà Héraclite (fragment

116). Mais c'est surtout Socrate qui fait de l'art de se connaître soi-même la base de toute la sagesse philosophique. Dans ses dialogues (dans son *Apologie de Socrate* et puis surtout dans son *Alcibiade majeur*), Platon le présente comme un enseignant de la connaissance de soi. À un Alcibiade ayant atteint la maturité et qui s'apprête à faire valoir ses ambitions politiques, Socrate rappelle qu'avant de s'occuper de la *polis* – laquelle doit rassembler le meilleur de ses forces pour en découdre avec le tout-puissant roi de Perse –, il faut d'abord qu'il apprenne à s'occuper de soi. Autrement dit, à se connaître soi-même.

Le thème de la connaissance de soi traverse toute la philosophie antique et connaît un développement particulier avec la littérature hellénistique du « soin de soi » *(epiméleia heautoû)*, qui atteint son apogée avec Cicéron, Sénèque, Épictète ou Marc Aurèle (entre autres auteurs). Désormais, la connaissance de soi n'est plus liée à une mission politique, elle n'est plus limitée à un âge précis, celui de la transition de la jeunesse à la maturité. Elle n'est plus comprise simplement comme un savoir théorique sur soi-même, comme une simple contemplation de soi. La connaissance de soi s'assimile de plus en plus à l'intégralité du soin qu'on prend de soi, un soin qui s'applique à toute la durée de la vie et implique quotidiennement une série d'exercices, tant pratiques que spirituels, dont le but est de s'imprimer à la vie comme on façonne une œuvre d'art pour lui conférer la forme la plus belle et la plus réussie possible. Connaissance de soi et soin de soi sont les principes sur lesquels se fonde une esthétique de l'existence.

La tradition de la connaissance de soi[1], qui s'intègre au christianisme et à la littérature religieuse de l'intériorité, se poursuit jusqu'à l'époque moderne, où elle est reprise et prolongée en particulier par les grands moralistes européens, Montaigne, Pascal, La Rochefoucauld ou Baltasar Gracián. Son importance est attestée également par l'apparition en parallèle de motifs iconographiques qui en donnent une réception critique et une représentation symbolique. Ce n'est pas un hasard si la sagesse de la vie est représentée par une figure féminine tenant à la main un instrument précieux avec lequel il est possible de s'examiner et de se connaître soi-même : un miroir. On peut citer comme exemple l'œuvre classique de Cesare Ripa, *L'Iconologie*, dont la seconde édition illustrée parut en 1603. Dans la légende de la gravure qui représente la *Prudence*, Ripa renvoie à l'importance du miroir. Pour agir convenablement, le sage doit se connaître soi-même, connaître son caractère et ses défauts. Ripa déclare que c'est ce que voulait dire Socrate quand il « exhortait ses disciples à se regarder dans le miroir chaque matin pour se connaître soi-même ».

Le motif du miroir révèle également l'envers de la connaissance de soi, car la contemplation de soi peut avoir des conséquences néfastes. C'est la faute que commet

Narcisse. Quand on est épris de sa propre beauté et que, par vanité, on se penche sur l'image de soi que renvoie le miroir, on ne voit que soi-même, et on est incapable d'établir la moindre relation à la réalité. Ne connaître que soi-même veut dire qu'on demeure prisonnier de son propre reflet. On comprend donc aisément pourquoi Goethe considérait que le précepte de Delphes était trompeur et pourquoi il se montrait sceptique quant à son origine divine :

> « Connais-toi ! – Qu'est-ce à dire ?
> Ceci : allez, sois ! Et ne sois pas, en même [temps !
> C'est juste un adage de nos chers sages
> Qui se contredit en un rien de temps.
> Connais-toi ! Et pour quelle récompense ?
> Me connaissant, comment ne pas aussitôt [fuir ?
> C'est comme si, arrivant au bal masqué,
> Je baissais aussitôt le masque[2]. »

Le « cahier secret » disparu de Schopenhauer

En véritable philosophe, Schopenhauer s'attaque lui aussi au motif de la connaissance de soi. En fin connaisseur de la grande philosophie de Platon à Kant, en familier de la littérature de l'Antiquité classique, particulièrement des penseurs du « soin de soi » tels Sénèque, Épictète et Marc Aurèle, et en lecteur quotidien de la philosophie morale moderne, de Montaigne à Baltasar Gracián, il ne pouvait pas ne pas traiter ce thème. À ceci près : il ne se limite pas à traiter de la connaissance de soi comme objet abstrait d'un examen théorique, mais il la prend au sérieux en tant que règle pour mener une vie sage dans la pratique, et il la met en œuvre. La phrase introductive du présent ouvrage le donne à entendre d'emblée : « Vouloir le moins possible et connaître le plus possible : telle est la maxime qui a dirigé le cours de ma vie[3]. » Car pour lui, visiblement, la philosophie ne signifie pas seulement l'établissement de théories et de constructions mentales. Elle est aussi une décision qui engage la vie, un projet de vie.

Sous le titre de *Eis heautón,* choisi vraisemblablement par analogie aux *Pensées pour moi-même* de Marc Aurèle (en grec : *Tà eis heautón),* il rassembla au fil des ans des réflexions, des méditations et des bribes de pensées « adressées à soi-même », qui donnèrent naissance à un « cahier secret » personnel dont on perdit la trace après sa mort et qui, par conséquent, se trouve ici reconstitué dans une version fondée sur des supputations. Schopenhauer en commença la rédaction en 1821 et la poursuivit de façon ininterrompue pendant les deux décennies suivantes. Le cahier comprenait au total une trentaine de feuillets, et le maître du pessimisme y tenait tout particulièrement, car il représentait une sorte de somme de sa propre expérience de la vie, de son expérience personnelle, son « journal intime* » : des remarques d'ordre autobiographiques, des souvenirs, des observations de soi, des instructions pour l'action, des règles de comportement, des maximes, des citations et des proverbes. En même temps, c'était pour ainsi dire le fondement jeté pour un art de se connaître soi-même, un *vademecum* pratique pour son orientation personnelle, que l'on prend avec soi comme outil sur le chemin de la vie à la façon du médecin qui se munit de sa trousse.

Ce n'est pas un hasard si Schopenhauer a commencé à remplir ce précieux cahier à une époque de grands questionnements qui mettaient son caractère à rude épreuve. Après la publication du *Monde comme volonté et représentation* (1819), il avait pris pleinement conscience de sa vocation pour la philosophie, et dans ce domaine, il ne se sentait inférieur à personne. Mieux, il se voyait même investi d'une mission au service de

* Les mots suivis d'un astérisque sont en français dans le texte. *(NdT.)*

l'humanité. Et pourtant, cette conscience ne lui valut pas la moindre reconnaissance de la part de la corporation des philosophes. Au lieu de cela, son œuvre fut ignorée et sa dure confrontation avec Hegel, l'astre resplendissant au firmament philosophique de son temps, tua dans l'œuf toute perspective de carrière. À cela s'ajoutaient des obstacles et des contrariétés de toute sorte : la rupture douloureuse avec sa mère, des problèmes financiers liés à la faillite des banques qui administraient l'héritage de son père, des difficultés insurmontables et des heurts constants dans ses rapports avec les autres, une méfiance viscérale vis-à-vis de l'autre sexe – bref, toute une série d'*alimenta misanthropiae* supplémentaires qui justifiaient et aggravaient sa vision pessimiste de l'existence. Et pourtant, il ne s'agissait pas d'un pessimisme qui tirait son origine de l'aigreur, de la faiblesse ou de la résignation. Non, c'était le résultat logique de la clairvoyance, de la désillusion et du sens du tragique de l'existence. En ce sens, un véritable pessimiste, comme l'était Schopenhauer, est en même temps un optimiste bien informé.

En conformité avec ces idées, Schopenhauer ne se comporte ni en stoïcien fataliste ni en érudit perdu dans ses pensées, mais en vrai homme du monde qui réagit aux défis existentiels en mettant en œuvre toutes les astuces, tous les expédients et toutes les stratégies que son intelligence et son habileté lui suggèrent pour se tirer d'affaire dans le monde. Et c'est donc là qu'est enracinée sa conviction que la philosophie n'est pas seulement connaissance théorique de l'essence, mais aussi sagesse tirée de l'expérience pratique de la vie.

C'est ce qu'il a exprimé dans une série de petits traités qu'il a conçus pour un usage personnel et qu'il n'a pas publiés lui-même. Après les avoir examinés plus attentivement, on ne pourra plus négliger leur place dans les écrits posthumes ni leur importance philosophique. Au contraire, ils devraient amener à une révision de la conception traditionnelle de sa pensée, qui repose presque exclusivement sur l'œuvre publié de son vivant. C'est dans cette perspective qu'il faut appréhender des textes comme l'*Eudémonologie (L'Art du bonheur)*, l'*Esquisse d'un traité sur l'honneur (L'Art de se faire respecter)* et la *Dialectique éristique (L'Art d'avoir toujours raison)*, qui ont été écrits dans les années décisives passées à Berlin[4]. Le *Eis heautón* s'insère dans le même contexte d'interprétation et constitue, en un certain sens, la quintessence du mode d'appréhension du savoir philosophique.

Recherches et soupçons

À ses amis et à ses disciples, Schopenhauer n'avait pas caché l'existence de ce *vademecum* personnel et bien gardé. Aux plus proches de ses adeptes, il avait confié que, si publication il devait y avoir, elle ne pourrait être envisageable qu'après sa mort. C'est ce que rapporte Ernst Otto

Lindner, qui fut le premier à parler du manuscrit tout en déplorant sa disparition[5]. Cette version des faits est corroborée par d'autres témoins[6]. Mais les tentatives pour en retrouver la trace entreprises immédiatement après la mort de Schopenhauer (le 21 septembre 1860) et après la levée des scellés sur son legs (le 6 avril 1861) n'aboutirent à rien. On doit ces nombreuses tentatives à Adam von Doß en particulier, accompagné par Wilhelm Gwinner, l'administrateur du legs de Schopenhauer. Même chose pour Julius Frauenstädt, à qui avaient été confiés les documents philosophiques et qui avait trouvé parmi eux de nombreuses allusions à ce mystérieux cahier.

Gwinner lui fit savoir que le « *Eis heautón* n'était pas un manuscrit scientifique, mais que son seul objet était d'ordre personnel, et concernait ses relations privées avec quelques personnes, considérations auxquelles étaient mêlés des préceptes de sagesse et ses aphorismes favoris, comme il avait l'habitude d'en inscrire sur tous les carnets où il prenait ses notes, et comme il en avait déjà fait usage dans les *Parerga* quand cela lui semblait approprié. Il s'agissait d'un cahier d'une trentaine de feuillets volants, dont il lui arrivait parfois de me communiquer tel ou tel passage, et qui, conformément à ses intentions, fut détruit après sa mort[7]. »

Cette réponse laissa Frauenstädt profondément insatisfait, d'autant plus qu'il avait espéré pouvoir exploiter ces documents inédits pour la nouvelle édition posthume des *Parerga et Paralipomena* à laquelle il travaillait justement. Ce qui au début n'était qu'insatisfaction se mua en irritation lorsque, peu de temps après, Gwinner mit sous presse une biographie du philosophe – *Arthur Schopenhauer aus persönlichem Umgange dargestellt {Arthur Schopenhauer vu par qui l'a fréquenté}* (1862) –, laquelle contenait très nettement des passages trop bien écrits et correspondant trop au style de Schopenhauer pour pouvoir émaner de la plume de Gwinner. Cela finit par conforter le soupçon qu'avant de tout brûler, Gwinner avait largement puisé dans le cahier secret qui se trouvait en sa possession pour en orner sa présentation de la vie de Schopenhauer.

Les disciples les plus fidèles du maître trouvèrent le comportement de Gwinner d'autant plus inconvenant que celui-ci se faisait fort de ne pas être schopenhauerien et que, pour enfoncer le clou, il avait pris ses distances vis-à-vis de la métaphysique du pessimisme pour faire sienne une vision du monde chrétienne inspirée de Jakob Böhme et Franz von Baader. L'année même de la mort de Schopenhauer, Gwinner avait publié sous le pseudonyme de Natalis Victor un roman intitulé *Diana und Endymion {Diane et Endymion}*, dans lequel était relatée cette évolution.

Gwinner acculé

Et que fit Frauenstädt ? Il tenta de rassembler autour de lui des élèves de Schopenhauer qui partageaient ses vues, et avec eux, il attaqua Gwinner pour le contraindre soit à reconnaître ses torts soit à leur remettre le cahier disparu. En réponse à la biographie de Gwinner, il publia conjointement avec Ernst Otto Lindner (dont il a déjà été question) un gros volume de souvenirs et d'écrits inédits : *Arthur Schopenhauer. Von ihm. Über ihn. Ein Wort der Vertheidigung von Ernst Otto Lindner und Memorabilien. Briefe und Nachlaßstücke von Julius Frauenstädt {Arthur Schopenhauer. Écrits de sa plume. Écrits sur lui. Un mot en sa défense d'Ernst Otto Lindner, et des memorabilia. Lettres et écrits du fonds légué par Schopenhauer édités par Julius Frauenstädt}* (1863).

Le témoignage personnel de Lindner était particulièrement riche d'enseignements. Il se souvenait que Schopenhauer lui avait parlé à plusieurs reprises du *Eis heautón* et qu'il accordait une importance particulière à ce cahier : « Je m'en suis entretenu avec lui à des occasions répétées, pour la dernière fois en 1858. À ses propres dires, il entendait consigner dans ce cahier une série de souvenirs purement personnels tirés de sa vie, en partie avec l'intention de se tendre à soi-même un miroir reflétant certains aspects particuliers de son caractère. En même temps, il faisait remarquer qu'il n'était pas question que ces notes soient publiées avant sa mort. Et il n'y a pas qu'avec moi que Schopenhauer s'est exprimé de la sorte. Mais dans tous les cas, il semble avoir accordé une importance particulière à ces écrits, et, en ce qui me concerne tout au moins, ses allusions m'avaient rendu particulièrement désireux de prendre connaissance de cette partie *précise* des archives qu'il a léguées[8]. » Lindner rejetait sans détour la version de Gwinner : « Malgré tout, je continue de trouver très étrange l'idée que Schopenhauer ait pu prescrire lui-même de détruire ces écrits. Cela ne correspond pas le moins du monde à ce qu'il m'a dit à moi. De plus, ces instructions sont difficilement conciliables avec l'extrême prudence qui caractérisait sa personne, ce qui rend peu acceptable l'idée que, sans prendre la moindre mesure de précaution, il aurait laissé au bon vouloir d'un survivant le soin de détruire des écrits qui étaient si précieux pour lui et qu'il avait achevés avec un esprit calme et réfléchi[9]. » Par ailleurs, Lindner réitère les accusations de plagiat en disant que la seule explication possible aux variations de style patentes que recelait le texte de Gwinner était que, dans sa présentation biographique, celui-ci avait tout simplement recopié mot à mot des paragraphes du manuscrit tenu secret.

Gwinner se défendit en publiant un pamphlet, *Schopenhauer und seine Freunde. Zur Beleuchtung der Frauenstädt-Lindnerischen Vertheidigung sowie zur Ergänzung der Schrift* Arthur Schopenhauer aus persönlichem Umgang dargestellt *(Schopenhauer et ses amis. De quoi éclairer la défense de Frauenstädt et Lindner et compléter* Arthur Schopenhauer vu par qui l'a fréquenté*)* (1863). Mais en rejetant avec indignation les accusations de plagiat, il faisait sans le vouloir un aveu :

il reconnaissait que Schopenhauer lui avait « révelé le contenu » et « lu » certaines parties du manuscrit contesté, qu'il avait lui-même ensuite retranscrites et incorporées à sa présentation biographique.

Un étrange comportement

En vérité, il aurait été facile pour Gwinner de dissiper les soupçons. Il aurait suffi qu'il permette l'accès à ses propres notes de travail. Tout le monde aurait pu alors vérifier les faits, et l'on aurait pu distinguer ce qui émanait de sa propre plume des formulations attribuables au maître à un titre ou à un autre.

Un certain nombre d'indices laissent penser en effet qu'il n'avait pas détruit ces feuillets, mais qu'au contraire il les conservait en secret. Prenons l'exemple des éditions ultérieures de sa biographie (une seconde édition parut en 1878 sous le titre de *Schopenhauers Leben* {*La vie de Schopen-*

hauer}, une troisième suivit en 1910). Il y ajouta des propos de Schopenhauer inconnus jusqu'alors, qu'il citait mot à mot, entre guillemets. Tout indiquait qu'il lui avait été possible de les emprunter aux papiers non publiés qui étaient en sa possession. Dans ses échanges épistolaires avec divers correspondants, il livra également d'autres détails et précisions qu'il fit apparaître comme par enchantement, l'air de rien, en les tirant très probablement de la même source : les documents qu'il gardait secrets.

Il demeure que Gwinner ne publia rien des archives en sa possession. Il laissa à la postérité le soin de spéculer sur les raisons qui le poussèrent à ne pas vouloir révéler son secret.

De père en fils

Après la mort de Gwinner, survenue le 27 janvier 1917, les papiers entourés de mystère se retrouvèrent entre les mains de son fils Arthur, lequel fut consul en Espagne avant d'occuper un poste important à la Deutsche Bank. Il n'eut donc pas le temps de s'occuper des papiers de Schopenhauer dont il avait hérité. Un beau jour, il lui vint l'idée d'en briser le sceau, ainsi qu'en atteste un entrefilet paru dans la presse du 4 juillet 1918 : « Schopenhaueriana. On nous communique que M. Arthur von Gwinner, directeur de banque, natif de Francfort, a fait don à la bibliothèque municipale de Francfort-sur-le-Main des précieux carnets de son père sur le philosophe Schopenhauer. Ces carnets ne pourront être ouverts que dix ans après la mort de celui qui les a rédigés et qui fut un ami du philosophe[10]. »

Peu importe cet incompréhensible délai de dix ans. En réalité, les feuillets ne sont jamais parvenus à la bibliothèque municipale. Ni la veuve ni la petite-fille, Charlotte von Gwinner, ne furent en mesure de les retrouver.

D'autres accusations encore : Grisebach

La polémique reprit de plus belle lorsque Eduard Grisebach, l'éditeur des œuvres de Schopenhauer, se heurta de nouveau au même problème. Une fois de plus, il constata combien certains paragraphes de l'ouvrage de Gwinner présentaient des phrases d'une beauté et d'un type tout schopenhaueriens, émanant selon toute vraisemblance du manuscrit disparu. Ces constatations recoupaient une déclaration de Gwinner en date du 22 avril 1870, qui stipulait que « pour son livre, il avait puisé certains traits dans le *Eis heautón*, et que certaines choses pouvaient même être tenues pour la formulation d'origine. » En se fondant sur cet argument, parmi d'autres, il soutint résolument l'accusation de plagiat, allant même jusqu'à parler de fausse déclaration. Car il était fermement convaincu du fait que Schopenhauer n'avait jamais donné l'ordre de détruire le *Eis heautón*[11]. Il supposait par ailleurs que le manuscrit original ne comportait pas trente pages, comme l'avait affirmé Gwinner, mais au moins quatre-vingts.

La reconstitution du texte et la présente édition

Grisebach s'attacha à investiguer la question et entreprit la première tentative de reconstitution du texte présumé du carnet perdu. Il analysa les passages de la biographie de Gwinner dont on pouvait penser qu'ils étaient empruntés au manuscrit de Schopenhauer, les classa selon divers critères, chronologiques et thématiques, et les transposa de la troisième personne (forme sous laquelle ils apparaissaient chez Gwinner) à la première. Puis il les publia dans le volume *Schopenhauer's Gespräche und Selbstgespräche*[12] *{Schopenhauer : conversations et conversations avec soi-même}*. Ultérieurement, il ajouta à son édition des écrits posthumes, qu'il appela *Neue Paralipomena*, un chapitre entier, le chapitre XXII intitulé *Eis heautón* :

sur soi-même, qui comprenait du matériau autobiographique supplémentaire[13].

Sur la base du travail opéré par Grisebach, et en prenant en compte l'intégralité des écrits posthumes conservés, Arthur Hübscher présenta une nouvelle reconstitution du texte avec une tentative de datation de ses composantes individuelles. La première fois dans le cadre de l'édition des *Sämtliche Werke {Œuvres complètes}*, sous la direction de Paul Deussen (Vol. XVI, 1942, p. 61-91, avec un commentaire et un appareil de notes, p. 559-577) ; puis avec de plus amples améliorations dans le dernier volume de son édition des textes posthumes (Vol. IV/2, p. 106-129, avec un commentaire et un appareil de notes, p. 288-306).

La présente édition prend en compte les deux reconstitutions de Grisebach et de Hübscher, tout en donnant en règle générale la préférence à la seconde, dont elle utilise la chronologie. Sur quelques points, elle procède toutefois de façon autonome. À la différence de Hübscher, j'ai décidé, en particulier pour la première partie du texte, de privilégier un principe d'ordonnancement thématique des fragments plutôt qu'un ordre chronologique. En effet, leur datation repose sur des supputations qui ne sont pas toujours fiables, et elle est de toute façon impossible à déterminer intégralement.

De cette façon, il est possible de se faire une idée de l'ensemble qui, toute grossière et schématique qu'elle soit, n'en est pas moins suffisante. Avec son *Eis heautón*, Schopenhauer s'était constitué au fil des ans un petit manuel personnel de philosophie pratique auquel il pouvait recourir à tout moment, comme un outil. Les règles fondamentales de sa philosophie de la vie y sont identifiables : autarcie, estime de soi, amour-propre, solitude, aristocratie de l'intelligence, saine misanthropie, retenue dans ses rapports à l'autre sexe, et bien d'autres choses encore. Le fondement de tout cela est la conviction inexpugnable que notre monde est un *mundus pessimus*, et que dans les cas de doute et les incertitudes que la vie nous réserve, il vaut toujours mieux agir *ex summo malo*, c'est-à-dire en présumant le pire, que de se laisser berner par le mirage d'un improbable *mundus optimus*.

En dépit du caractère inévitablement fragmentaire de la reconstitution du texte, ce « cahier secret » permet un accès direct et privilégié aux pensées intimes du maître du pessimisme. Pour lui, la vie n'est pas belle, c'est là une chose acquise. Reste que la philosophie peut faire beaucoup pour aider à en supporter la fatale légèreté.

Franco VOLPI

L'Art de se connaître soi-même

ou

Eis heautón

1

Vouloir le moins possible et connaître le plus possible : telle est la maxime qui a dirigé le cours de ma vie. Car s'il est en nous chose foncièrement grossière, mauvaise, c'est bien la volonté. Il faut la cacher, comme on le fait de ses organes génitaux, et bien que l'une comme les autres constituent les racines de notre être[1]. Ma vie est celle d'un héros, et on ne saurait la juger à l'aune de celle du philistin ou en prendre la mesure avec le mètre du boutiquier, ni à l'aide d'aucun des critères appropriés pour appréhender la vie du commun des mortels, dont l'existence est purement individuelle, bornée à sa brève durée. Je n'ai donc pas lieu de m'affliger en songeant qu'il me manque ce qu'il leur faut pour que leur vie purement individuelle ait un cours régulier : charge officielle, maison et personnel, femme et enfant. C'est dans ce genre de choses que leur existence s'épanouit. Or ma vie est une vie intellectuelle, qui, en progressant sans entrave et en agissant sans obstacle, doit, dans les quelques petites années où l'esprit jouit de la plénitude de ses moyens et où il peut les employer librement, porter des fruits qui enrichiront l'humanité pour des millénaires. De cette vie intellectuelle, ma vie personnelle est simplement le socle, la *conditio sine qua non*, autrement dit quelque chose de totalement subordonné. Plus ce socle est étroit, plus il est sûr. Si elle accomplit ce qu'elle est censée faire par rapport à ma vie intellectuelle, ma vie personnelle aura atteint son objectif. Pour moi aussi, l'instinct dont est pourvu celui dont l'existence a des objectifs intellectuels a été un guide sûr, de sorte que j'ai laissé de côté ces objectifs personnels et que j'ai tout rapporté à ma vie intellectuelle. Pour cette raison, pourquoi m'étonner de ce que le cours de ma vie personnelle ait un aspect décousu et semble en lui-même dépourvu d'orientation ? Il est semblable à la voix de *ripieno* en harmonie, qui ne peut pas davantage avoir de cohérence propre parce qu'elle ne sert que de soutien à la voix principale, en laquelle réside la cohérence de l'ensemble. Pour ce qui par nécessité fait défaut à ma vie personnelle, je suis dédommagé d'une autre façon : j'ai pu tout au long de ma vie jouir pleinement de mon esprit et de mon aspiration à ce à quoi ma naissance me destinait. Et même si je possédais ces choses, je serais incapable d'en jouir, elles m'entraveraient. Un esprit qui donne et produit de lui-même, qui génère précisément des choses que nul, à part lui, n'est en mesure de donner et de produire et qui pour cette raison même seront pérennes – qui voudrait le contraindre à faire autre chose, et d'une manière générale lui infliger des corvées, l'empêchant ainsi de répandre spontanément ses dons ? Ce serait à la fois cruel et insensé.

2

Dès ma prime jeunesse, je me suis dit en m'observant que, tandis que je voyais tous les autres aspirer à des biens extérieurs, je n'avais pour ma part nul besoin de tourner mes pensées vers ce genre de choses parce que je portais en moi un trésor à la valeur infiniment plus grande que tous les biens extérieurs. Tout ce qui importe, me disais-je, est de le mettre au jour. À la réalisation de cet objectif, une formation intellectuelle et un usage intégralement libre de son temps, donc de l'indépendance, constituent des conditions premières. La conscience de cette nécessité, au début vague et obscure, se fit d'année en année plus nette à mes yeux. En même temps, elle a toujours été suffisante pour m'inciter à la prudence et à l'économie, c'est-à-dire à mettre tout mon soin à préserver ma propre personne et ma liberté au lieu de viser un quelconque bien extérieur. À l'encontre de la nature humaine et de son droit, j'ai dû renoncer à servir la cause de ma propre personne et l'accroissement de mon bien-être pour faire don de mes forces à la cause de l'humanité. Mon intellect ne m'a pas appartenu, il a appartenu au monde. Le sentiment de cet état d'exception et de la lourde tâche qui en découle et m'oblige à *vivre sans employer mes forces pour moi-même*, m'a toujours pesé et rendu encore plus inquiet et plus angoissé que je ne l'étais par nature. Mais j'ai mené la chose à bien, résolu ma tâche, accompli ma mission. C'est par ailleurs ce qui m'a donné le droit de veiller scrupuleusement à conserver jusque dans ma vieillesse l'appui fourni par l'héritage de mon père, un appui qui m'a été si longtemps indispensable et sans lequel le monde n'aurait rien eu de moi. Aucune charge officielle en ce monde, aucun poste de ministre ou de gouverneur n'aurait pu compenser la perte de ce que mes origines m'ont fait la faveur de m'accorder : le libre usage de mon temps.

3

En moi, l'importance de la part immortelle de l'être, l'intellect, a si infiniment surpassé celle de l'individu que, quelle que soit la quantité de tracas personnels qui ont pesé sur moi, je me suis toujours empressé de les ignorer et les ai fait disparaître aussitôt qu'une pensée philosophique se manifestait. Car j'ai toujours considéré ce genre de pensée avec le plus grand sérieux, alors que tout le reste n'était pour moi que plaisanterie. Telle est la lettre d'anoblissement, le blanc-seing que m'a donné la nature. Le bonheur de l'homme du commun réside en l'alternance du travail et du plaisir. Chez moi, c'est le contraire : les deux choses ne font qu'un. Voilà pourquoi la vie des gens de mon espèce est nécessairement un monodrame. Une fois qu'ils ont compris qui ils sont, ceux qui, comme moi, ont pour mission de transmettre la vérité au genre humain s'abstiendront autant que possible de se mêler aux gens en dehors de leur mission, de la même manière que les missionnaires en Chine se gardent de fraterniser avec les Chinois. Dans toutes les circonstances de la vie, et en particulier tant que dure la jeunesse, un être comme moi se sent à tout moment comme une personne affublée de vêtements qui ne lui vont pas.

4

Ce qui parmi les choses extérieures colle au plus près de la personne que je suis, à la façon dont la chemise colle au corps, c'est mon indépendance, qui ne tolère pas que je sois contraint d'oublier qui je suis pour jouer le rôle d'un autre, celui d'un homme qui écrit pour gagner son pain par exemple, ou celui d'un professeur d'université qui entretient avec son savoir et sa pensée le même rapport que le boutiquier avec la marchandise qu'il expose à son étalage, ou le rôle d'un conseiller référendaire ou bien encore celui d'un majordome.

5

Puisque les gens avec qui je vis ne peuvent rien être pour moi, mon plus grand plaisir dans la vie, ce sont les monuments, les pensées qu'ont laissées les êtres semblables à moi et qui en leur temps ont comme moi vécu ballottés de-ci de-là parmi les hommes. Leur lettre morte me parle de façon plus intime que la présence vivante des bipèdes. Pour l'émigré, une lettre de la terre natale n'est-elle pas davantage que la conversation des étrangers qui l'entourent ? Et au voyageur sur des îles désertes, la trace d'êtres humains qui l'y ont précédé ne parle-t-elle pas plus intimement que tous les singes et les cacatoès qui peuplent les arbres[2] ?

6

Le climat et la façon de vivre de Berlin ne m'agréent point. On y vit comme sur un bateau. Tout y est raréfié, cher, difficile à obtenir, les vivres y sont rassis et desséchés. À l'inverse, les malversations et les tromperies de toute sorte sont plus vilaines qu'au pays où fleurissent les citronniers[3]. Non seulement elles vous imposent à vous-même une prudence des plus pénibles, mais elles ont souvent pour effet que ceux qui ne vous connaissent pas sont pris à votre égard d'une suspicion qui dépasse l'imagination, et qu'ils vous traitent dans les faits comme si vous étiez un *filou**, jusqu'à ce qu'on en arrive à l'explosion fatale.

7

Maintenant que la période du génie créatif à proprement parler est derrière moi, et que ce à quoi je puis désormais le mieux employer ma vie est le métier d'enseignant, il faut qu'elle se déroule aux yeux de tous et qu'elle ait une assise dans la société dont je ne peux pas disposer en tant que célibataire[4].

8

Lorsqu'il me vient des accès d'insatisfaction, je songe toujours à ce que signifie le fait qu'un être comme moi puisse toute sa vie durant employer cette vie à développer ses dispositions et à servir sa vocation innée. Et je me redis qu'ils étaient des milliers à parier tous contre un que c'était là chose impossible, que je ne saurais qu'être très malheureux. Lorsqu'il m'est arrivé parfois de me sentir malheureux, la cause en a plutôt été une simple *méprise**, une erreur de personne. Dans ces moments, je me suis pris pour un autre que moi, un être dont je me suis mis à déplorer le triste sort. Je me suis pris par exemple pour un chargé de cours à l'université qui n'obtient pas de chaire et dont les cours n'ont pas d'auditeurs[5], ou pour quelqu'un sur le compte duquel tel philistin dit des horreurs et les commères cancanent en sirotant leur café, ou bien pour l'accusé d'un procès pour injures[6], ou encore pour l'amoureux que la jeune fille dont il s'est entiché ne veut pas exaucer, ou pour ce patient que la maladie condamne à garder la chambre, ou pour d'autres personnes de ce genre qui s'escriment contre ce genre de misères. Tout cela, ce n'était pas moi, tout cela, c'est une matière étrangère dont était faite tout au plus la redingote que j'ai portée un temps avant de l'abandonner pour une autre. Mais qui suis-je ? Celui qui a écrit *Le Monde comme volonté et représentation* et apporté au vaste problème de l'existence une solution qui va peut-être rendre obsolète les précédentes ou du moins donner du grain à moudre aux penseurs des siècles à venir. Voilà l'être que je suis, et qu'est-ce qui pourrait bien venir le contredire dans les années qu'il lui reste à respirer ?

9

Lorsque j'avais vingt-neuf ans, un monsieur de moi inconnu est venu me trouver pour me dire que j'allais avoir un grand destin. Un Italien qui m'était totalement étranger m'adressa ces paroles : « *Signore, lei deve avere fatto qualche grande opera : non so cosa sia, ma lo vedo al suo viso*[7]. » [« Monsieur, vous avez incontestablement produit un grand ouvrage. Je ne sais pas lequel, mais je le vois à votre visage. »] Un Anglais qui ne me connaissait que de vue déclara que j'avais incontestablement un esprit hors du commun. Un Français dit soudain à mon propos : « Je voudrais savoir ce qu'il pense de nous autres ; nous devons paraître bien petits à ses yeux. C'est qu'il est un être supérieur. » Le fils d'une famille anglaise de passage et qui venait de s'installer dans la chambre d'hôtes à côté de la mienne, déclara enfiévré : *« No, I'll sit here, I like to see his intellectual face ! »* [« Non, je vais m'asseoir ici, j'aime voir son visage d'intellectuel ! »]

10

J'étais à peine sorti de l'âge enfantin que déjà j'avais une intelligence suffisamment claire de ma position dans et vis-à-vis de ce monde pour me permettre d'appliquer à ma façon de mener ma vie cette maxime de Chamfort : « Il y a une prudence supérieure à celle qu'on qualifie ordinairement de ce nom, elle consiste à suivre hardiment son caractère, en acceptant avec courage les désavantages et les inconvénients qu'il peut produire[8]. » Grâce à la dignité morale de mes actions, je suis à l'abri de toute anxiété. Car avec Polonius, je pense que :

« This above all, – to thine own self be true ;
And it must follow, as the night the day,
Thou canst not then be false to any man. »
[« Ceci par-dessus tout : sois fidèle à toi-même ;
Il s'ensuivra forcément, comme la nuit suit le jour,
Que tu ne pourras être faux envers personne. »]

SHAKESPEARE, *Hamlet*[9]

11

Mes prétentions, ceux qui sont capables de sentir ce sur quoi elles reposent les toléreraient parce qu'elles ne contrarient pas leur intérêt et qu'ils se sentent honorés intellectuellement et moralement de ce sentiment et de cette tolérance. Mais dans toute cette affaire, ils ne les toléreraient qu'à la condition que je prenne cela comme un cadeau, un peu à la façon dont en bas sur une facture on appose un « en votre aimable règlement » alors qu'il s'agit d'une foutue dette, ou bien à la façon dont à la fin des pièces de Plaute les applaudissements du public sont quémandés par un *plaudite*[10]. Je n'ai donc jamais le droit d'avoir plus de prétentions que tout un chacun. Car les gens se fondent sur l'idée qu'aucune contrainte extérieure ne les oblige à mon égard, et ils me le feront sentir aussitôt que je leur montre que je le sais. Pour eux, la crainte de la déchéance *(despectio)* est chose naturelle, et chacun fait en sorte que les autres ne le traitent pas avec moins de considération qu'ils ne se traitent eux-mêmes. Ils croient fermement au principe suivant :

> « *Par sum unicuique et moriatur qui me contemnit*[11] *!* »
>
> [« Je suis l'égal de quiconque, et mort à celui qui me méprise ! »]

Je suis libre de cette préoccupation, et mes dispositions naturelles font que tous ceux qui ne veulent pas être comptés au nombre des êtres d'exception ne peuvent que me considérer avec méfiance *(suspectio)*. Je crois fermement pour ma part à cet autre principe :

« Contemnite me, si potestis, vestro periculo, non meo[12] *! »*

[« Méprisez-moi, si vous le pouvez, mais à votre péril, non au mien ! »]

12

Oui, à l'époque où ma jeune imagination peuplait encore le monde d'êtres de ma sorte, j'ai eu quelques dispositions à la sociabilité, et quand, après plusieurs années d'absence, je suis rentré à Dresde et à Berlin au terme de mon second voyage en Italie, tout le monde m'a trouvé étonnamment changé, tant auparavant ma mélancolie avait été grande. C'était l'époque où la tendance naturelle à la sociabilité, l'envie de se livrer et l'impression d'avoir besoin d'une expérience à vivre contrebalançaient encore le dégoût de l'humanité. Avec le passage à l'âge adulte, l'expérience accumulée a accentué cette force de répulsion tout en affaiblissant l'autre. À partir de ce moment, mon regard s'est peu à peu « ouvert à la solitude », je suis devenu radicalement hostile à toute sociabilité et me suis juré de consacrer exclusivement à ma propre personne le reste de cette fugace existence et d'en perdre aussi peu que possible avec ces créatures auxquelles le fait de marcher sur deux jambes confère le droit de nous prendre pour leur semblable, ou bien – cas le plus fréquent – celui d'ignorer judicieusement que nous ne sommes pas comme elles et de nous traiter comme leur semblable alors même qu'elles perçoivent que nous ne le sommes pas. Tandis que, comme si ce n'était pas assez que nous nous affligions de ce que nos semblables ne le soient en rien, il nous est encore infligé la douleur d'avoir subi cette injustice.

13

La phrase de Bacon dans laquelle il dit que toute suspicion repose sur de l'ignorance, je la rejette, et fais mienne la pensée de Chamfort qui veut que le commencement de la sagesse soit la crainte des hommes[13]. Démosthène a raison quand il dit que fortifications et murailles sont certes une bonne protection, mais que la meilleure est l'*άπιστία*, la méfiance. Le proverbe de Bias *« οί πλεῖστοι ἄνρωτοι κακοί*[14] *»* [« La plupart des hommes sont mauvais »] et les maximes de Leopardi *« L'impostura è anima della vita sociale*[15] *»* [« L'imposture est l'âme de la vie sociale »] et *« Il mondo è una lega di birbanti contro gli uomini da bene,* *e di vili contro i generosi*[16] » [« Le monde est une bande de filous qui s'en prennent aux honnêtes gens, et d'êtres mesquins qui s'en prennent aux êtres généreux »] sont les guides de ma pensée et de mon action.

14

J'associe au désir de posséder une femme qui soit tout à moi le projet d'aller vivre dans une bonne petite ville où je n'aie jamais l'occasion d'acheter de livres – un besoin dont la satisfaction menace la saine gestion de mes finances si je reste à Berlin en cas de mariage. Et pourtant...

> « *άλλ΄ ἄγε δὴ σὺ φίλος, μῆτιν ἐμβάλλεο θυμῶ παντοίην*
> *... φρονέων πεφυλαγμένος εἶναι.* »
> [« À toi donc, mon petit, de te mettre en tête autant d'idées que tu pourras
> (...) sois donc prudent et prends garde. »]
>
> [HOMÈRE, *Iliade*, XXIII[17]]

15

L'un des points sur lequel inexpérience et intelligence du monde[18] sont opposées est le suivant : dans sa conscience, ses actes et ses propos, l'inexpérience n'a jamais affaire en toute chose qu'à un *tu* général et indéfini, d'où un comportement qui ne diffère guère selon le prestige de la personne qu'elle a en face d'elle. Au contraire, quelle que soit la forme sous laquelle il se présente à ses yeux, elle accorde à ce *tu* une confiance à peu de chose près semblable. D'où aussi le fait qu'à un degré tout aussi *semblable* elle prenne des précautions pour dissimuler et masquer ses propres faiblesses et défauts sans se demander si, en ce *tu* auquel elle veut plaire en se faisant violence et en contraignant sa nature, elle a affaire à l'apparition fugace du dernier des inconnus ou plutôt à un gardien appelé durablement à participer activement à sa vie. À l'opposé, l'intelligence du monde prend toujours en considération l'individualité de la personne. L'une méritera sa confiance absolue, à l'autre elle ne donnera pas le moindre crédit. Parce qu'elle se sait observée par telle personne précise, elle s'impose des contraintes des années durant et réprime la moindre manifestation de ce qu'elle a à masquer. À un autre observateur, elle servira tout cru sa véritable nature avec une impudence sans borne et un parfait sans-gêne... Plus cette intelligence est commune dans la société des hommes, plus on en remarque le manque. Mais s'il nous arrive de rencontrer chez un individu d'âge mûr toute l'inexpérience évoquée plus haut, nous conclurons probablement que nous avons affaire à un esprit fort limité ou bien... à un génie.

16

La politesse est, à l'instar des jetons, une monnaie dont on voit bien qu'elle est fausse. En user avec parcimonie témoigne d'étroitesse d'esprit. À l'inverse, en user généreusement est une preuve d'intelligence... Mais quiconque pousse la politesse jusqu'au sacrifice de ses véritables intérêts est comme celui qui donnerait de vraies pièces d'or à la place de jetons.

De la même façon qu'un peu de chaleur rend la cire, par nature dure et cassante, assez souple pour prendre n'importe quelle forme, un soupçon de politesse et d'amabilité pourra rendre dociles et complaisants jusqu'aux individus récalcitrants et hostiles. D'où il s'ensuit que la politesse est à l'homme ce que la chaleur est à la cire[19].

17

« *It's safer trusting fear than faith* » [« Il est plus sûr de miser sur la crainte que sur la confiance »]. Toujours garder en mémoire que je ne me trouve pas dans ma patrie, pas au milieu d'êtres de ma sorte, mais qu'un âpre destin, un destin étrange et que seule la véritable compréhension du monde peut adoucir, me contraint à vivre parmi ceux qui me sont plus étrangers que les Chinois ne le sont à l'Européen : parmi les oiseaux, les *bipedes*, les « *hombres que non lo son*[20] » [« les hommes qui n'en sont pas »]. Si pour les autres la véritable compréhension de ce que veut dire Plaute par son « *homo homini lupus*[21] » [« l'homme est un loup pour l'homme »] est le produit du hasard, elle repose chez moi sur un instinct vital. On craint les bêtes dangereuses sans pour autant les haïr : j'ai la même attitude vis-à-vis des hommes. Je ne veux pas être un *μισάνθρωπος* [misanthrope], mais un *καταφρονάνθρωπος*[22] [contempteur des hommes]. Pour pouvoir mépriser ceux qui le méritent comme ils le méritent (c'est-à-dire les cinq sixièmes de l'humanité), il faut avant tout qu'on ne les haïsse pas. Il faut donc éviter de laisser monter la haine en soi. Car ce que l'on hait, on ne le méprise pas totalement. Ou, pour prendre les choses par l'autre bout : le moyen le plus sûr d'éviter de haïr les hommes est de les mépriser. Mais alors de les mépriser radicalement, ce à quoi on arrive quand on a une vision claire et nette de l'incroyable petitesse de leurs vues, de la colossale étroitesse de leur intelligence et de l'égoïsme sans fin de leur cœur, sources d'injustice criante, de pure envie et de pure méchanceté, et parfois même de cruauté.

18

Dans un monde composé pour les cinq sixièmes de voyous ou bien de fous et d'imbéciles, tout individu du sixième restant devra, dans une mesure qui croît avec la distance le séparant des autres, nécessairement fonder l'organisation de sa vie sur le retrait du monde. Plus il vivra loin du monde, mieux ce sera. La conviction que le monde est une contrée désertique où il ne faut pas compter sur la compagnie des hommes doit devenir un sentiment profond, rentrer dans son caractère. De la même façon que les murs enserrent le regard, lequel s'élargit de nouveau dès qu'il a devant soi l'étendue de la campagne, la société enserre mon esprit, et la solitude lui permet de nouveau d'élargir sa vision. Giordano Bruno dit de celui qui cherche et atteint la vérité qu'il cesse d'être un homme vulgaire, commun, civil et populaire pour devenir un sauvage, semblable à un cerf ou à l'habitant d'un désert, et que tous ceux qui ont voulu jouir ici-bas d'une existence plus élevée déclarent d'une seule voix : *« ecce elongavi fugiens et mansi in solitudine »* [« Vois, j'ai fui au loin et suis resté dans la solitude », *Psaume*, 55, 8], car leur préoccupation des choses divines fait d'eux des morts aux yeux de la foule[23]. Kleist ne dit rien d'autre quand il chante la louange de Schiller :

> « Un homme véritable doit se tenir loin des hommes[24]. »

Dans un monde si bassement commun, tout ce qui échappe au commun est appelé à s'isoler, et ne s'est pas privé de le faire. Plus on peut se soustraire à la compagnie des hommes, mieux on s'en trouve. Il faut que celui qui ressent un besoin de compagnie agisse avec les hommes dans l'état où ils sont en s'inspirant de l'attitude de celui qui meurt de faim et laisse sans y toucher une herbe non comestible, peut-être même toxique. Et c'est de ce fait un rare et grand bonheur que d'être suffisamment riche de sa propre personne pour ne pas être poussé par l'ennui et la lassitude vis-à-vis de soi-même à rechercher la compagnie des hommes, dont même le noble et doux Pétrarque dit :

> « *Non enim vile tantummodo foedumque, sed (quod invitus dico, quodque utinam non tam late notum experientia fecisset, assidueque faceret,) perniciosum quoque, varium et infidum et anceps et ferox et cruentum animal est homo !* »
>
> [« Car l'homme est non seulement un être vil et répugnant, mais aussi – je le dis avec déplaisir, ah si seulement l'expérience ne l'avait pas montré et ne conti-

nuait à le montrer largement ! – un être nuisible, inconstant, infidèle, traître, sauvage et cruel. »]

[PÉTRARQUE],
De vita solitaria, praefatio[25]

19

Ce qui, dans la vie réelle, a été à tout moment et en tout lieu une entrave pour moi, c'est que, jusqu'à un âge avancé, je n'ai pas été capable de me faire une idée suffisante de la petitesse et de la médiocrité des hommes[26].

20

À tous les âges, il y eut chez les nations cultivées une sorte de moine naturel, des gens qui, parce qu'ils avaient conscience de la prédominance en eux des capacités intellectuelles, préféraient œuvrer à leur développement et les exercer plutôt que d'aspirer à tout autre bien. Ils menaient de ce fait une vie contemplative et vouée à l'activité de l'esprit, dont les fruits profitaient ensuite à l'humanité. Pour honorer cet objectif, ils renonçaient à la richesse, à une activité rémunératrice, à leur réputation sur terre, à posséder une famille en propre. Ainsi le veut la loi de la compensation. Bien que leur rang fasse d'eux la classe la plus distinguée de l'humanité, et que bénéficier de leur reconnaissance soit pour chacun un honneur, ils ont renoncé à ce qu'on entend communément par distinction en faisant preuve d'une humilité de comportement analogue à celle des moines. Le monde est leur monastère, leur ermitage. – Ce que l'on peut être l'un pour l'autre est plus que limité. En fin de compte, chacun est et demeure tout seul. Et en même temps, tout dépend *qui* est seul. Si j'étais roi, aucun ordre proclamé pour mon propre compte ne le serait aussi souvent et avec une telle insistance que : « Laissez-moi seul ! » Les gens de ma sorte devraient vivre avec l'illusion d'être le seul humain sur une planète déserte, un humain qui, dans ce contexte, fait de nécessité vertu. La plupart des gens remarquent dès leur première rencontre avec moi qu'ils ne peuvent rien être pour moi et que je ne peux rien être pour eux. Disposant d'un degré supérieur de conscience, et donc d'une existence supérieure, je me suis donné comme règle d'existence de m'assurer la jouissance pure et inaltérée de celle-ci, et, pour y parvenir, de n'avoir aucune prétention qui aille au-delà. Dans cet esprit, ce n'est pas un mince acquis que de bénéficier de l'âge et de l'expérience pour avoir enfin une *vue nette** de toute la médiocrité morale et intellectuelle des hommes pris en général, parce qu'alors on n'est plus tenté de commercer avec eux plus que de nécessaire, on ne vit plus constamment dans un combat comme celui qui oppose la soif à une infecte tisane, parce qu'on ne se laisse plus ni berner de ses propres illusions ni aller à croire que les hommes sont tels qu'on aimerait qu'ils soient, mais qu'au contraire, on garde constamment bien présent à l'esprit comme ils sont. D'où ce rappel :

« Optimus ille animi vindex laedentia pectus,
Vincula qui rupit dedoluitque semel. »

[« Nul ne sait mieux reprendre possession de son âme que celui qui a rompu les liens qui blessaient son cœur et mis fin une fois pour toutes à sa douleur. »]

OVIDE, *Remedia amoris*[27]

Je me suis habitué à endurer bien des choses de la part des hommes, parce que j'ai très tôt réalisé que j'y étais contraint si je voulais entretenir un tant soit peu de rapports avec eux. Mais cette maxime remonte à une jeunesse où je ressentais le besoin de ces rapports. Expérience et maturité permettent de s'en dispenser, et il serait déraisonnable de se relancer maintenant dans une quête où ils seraient trop chèrement acquis par une patience sans fin. Il vaut bien mieux abandonner le peuple à Dieu, à soi-même et au diable, comme dit Goethe[28]. Si l'on ne veut pas être un jouet dans les mains de n'importe quel gamin, et la risée de n'importe quel fou, il faut commencer par appliquer cette règle : « Ne pas se déboutonner ! » Ce qu'un homme de ma sorte pense et ressent, ne ressemble en rien à ce qu'eux pensent et ressentent. C'est pourquoi il me sied de ne jamais sortir de mon renfermement. Le ton juste vis-à-vis d'eux, c'est l'ironie. Mais une ironie dénuée de la moindre affectation, placide, ne se trahissant en rien. Il ne faut pas qu'elle vise directement la personne avec qui l'on parle. Je considère à chaque fois comme une victoire personnelle de ne pas avoir dérogé de ce ton. Il faut s'habituer à absolument tout entendre, même les choses les plus insensées, avec une parfaite placidité, tout en considérant l'insignifiance de la personne qui parle et de son opinion, et en se gardant de toute polémique. Si tel est le cas, c'est avec un sentiment d'autosatisfaction qu'on repensera ultérieurement à cette scène. Il convient de garder constamment le regard porté sur l'ensemble. Si l'on s'arrête aux aspects individuels, on se perd facilement et n'acquiert qu'une vision erronée des choses. On ne pourra jamais se faire une idée globale du cours d'un fleuve à partir de l'une ou l'autre de ses courbes. Le succès ou l'insuccès de l'instant et l'impression qu'ils font, il ne faut pas en tenir compte. Du comportement que les autres ont vis-à-vis de nous, nous ne devrions surtout pas apprendre et déduire qui nous sommes, mais qui ils sont eux. Si nous prenons les choses ainsi, nous pourrons observer froidement leur comportement, si nous faisons l'inverse, non. Dans une conversation à deux, chacun s'emploie habituellement à trouver un moyen de se moquer discrètement de l'autre. C'est pourquoi à chaque instant de froide raison, on repensera avec un sentiment de triomphe à chaque instant d'ironie, et avec un sentiment de honte à chaque épanchement. Il ne faut jamais céder à l'envie de parler pour le plaisir de parler, car la loquacité tourne en franche sincérité. Pour s'en convaincre, il suffit d'observer à quel point la mine de l'interlocuteur change selon qu'il nous écoute ou selon qu'il nous parle.

21

Parce que le respect diminue à mesure que l'intimité grandit, étant donné que les tempéraments communs ont pour habitude de traiter sans considération tout ce dont on ne leur rend pas l'accès difficile, on est obligé d'aller contre son penchant naturel pour la convivialité, et de s'astreindre à faire de celle-ci l'usage le plus modéré possible.

Règle 177 de Gracián : « Refuser les relations sur un pied d'intimité[29]. »

« Virtues, like essences, lose their fragrance when exposed. They are sensitive plants, which will not bear too familiar approaches. »

[« Les vertus, comme les essences, perdent leur parfum une fois exposées à l'air. Ce sont des plantes sensitives qui ne tolèrent pas un contact trop rapproché. »]

W. SHENSTONE,
Essays on Men and Manners[30]

22

Dès que j'ai commencé à penser, je me suis trouvé en rupture avec le monde. À l'adolescence, cela m'a souvent causé du tourment. Car dans mes conjectures, je me figurais que la justesse de vues allait nécessairement se trouver du côté de la grande majorité. C'est Helvétius qui le premier m'a rasséréné. Puis, après chaque nouveau conflit, le monde n'a cessé de perdre et moi de gagner. Dès l'accomplissement de ma quarantième année, il m'a semblé que j'avais gagné le procès en dernière instance, et je me suis trouvé dans une position plus élevée que dans mes conjectures les plus audacieuses. Mais le monde est devenu à mes yeux vide et insipide. Tout au long de ma vie, je me suis senti dans une solitude effroyable, et j'ai constamment dit, en soupirant du fond du cœur :

« Maintenant, donne-moi un homme ! »

[SCHILLER, *Don Carlos*[31]]

En vain. Je suis resté dans ma solitude. Mais je puis dire en toute sincérité que cela n'a pas tenu à moi. Je n'ai repoussé personne, je n'ai fui personne qui, d'esprit et de cœur, ait été un être humain. Rien que de misérables bonshommes, à l'intelligence limitée, au cœur mauvais, aux basses pensées. Sauf Goethe, Fernow, à la rigueur F. A. Wolf et quelques rares autres personnes, qui tous sans exception avaient vingt-cinq à quarante ans de plus que moi. À la suite de quoi, inévitablement, le déplaisir suscité par tel ou tel individu particulier a fait place progressivement à un mépris tranquille pour l'ensemble d'entre eux. J'ai pris tôt conscience de la différence entre moi et les hommes. Mais je me suis dit : commence par faire la connaissance d'une centaine d'entre eux, et tu trouveras celui que tu cherches. Et puis : prends-en un millier, et tu y arriveras. Et encore : il va bien finir par venir, même s'il en faut pour cela plusieurs milliers. Et enfin j'ai réalisé que la nature est encore infiniment plus parcimonieuse, et qu'il me faut endurer avec dignité et patience la « *solitude of Kings*[32] » [« solitude des rois »] (Byron).

23

« The more I see of men, the less I like them ; if I could but say so of women too, all would be well. »

[« Plus je vois ce que sont les hommes, moins je peux les souffrir. Si je pouvais en dire autant des femmes, tout irait bien. »]

Th. Moore,
Letters and Journals of Lord Byron[33]

24

Comme argument en faveur du mariage, il ne reste en fin de compte que l'idée qu'on sera soigné quand on sera vieux et malade, et qu'on aura un foyer à soi. Mais même ces avantages me paraissent trompeurs. Dites-moi donc un peu si ma mère a soigné mon père quand il a été malade ? Et dites-moi aussi si l'on n'est pas accueilli à l'hôtel par les souhaits de bienvenue les plus cordiaux, et si toute cette vie n'est pas un *diversorium*, une simple auberge ? Même s'il me semble difficile de déterminer si le mode de vie retiré du monde dont ont besoin les gens comme moi est mieux garanti par le mariage ou le célibat, je réalise tout de même que pour moi, le célibat s'impose ne serait-ce que parce que, si je me soumets scrupuleusement à examen, je ne sens en moi ni le courage, ni la capacité ni la vocation à assumer les charges du mariage. En moi, la sensibilité et l'intellectualité ont toujours dominé, ce qui explique que j'ai toujours été négativement impressionné par les maux et les effets néfastes engendrés par la vie alors que les joies et les plaisirs qu'elle procure avaient moins d'impact sur moi. Voilà pourquoi, dès ma jeunesse, les scènes de vie retirée du monde, de calme, de solitude et de jouissance de soi-même ont toujours imprimé leur poids sur mes rêves de bonheur. Si les dimensions concrètes de ma vie avaient été l'essentiel de mon existence et la source de mes plaisirs, j'aurais bien fait de me marier. Mais comme au contraire ma vie entière a été vouée aux idéaux et à l'intellectualité, il ne m'a pas été donné de le faire. Car une chose doit être sacrifiée à l'autre.

Un être qui, pour quelque raison que ce soit, a quitté la voie naturelle de la vie ne doit pas se marier. Quiconque ne possède pas d'activité rémunératrice n'a pas de racines sur terre, une tempête peut le renverser, ce qui l'oblige à vivre seul. L'entreprise audacieuse qui consiste à vivre d'une petite fortune sans travailler ne peut être menée à bien que dans le célibat. Ne plus pouvoir disposer librement de *ma propre* personne est un mal bien plus grand que l'avantage qui naîtrait potentiellement du gain d'une *autre*. De plus, il est tout simplement impossible que je puisse être heureux avec une femme qui n'est pas heureuse avec moi. Or comme je vis pour l'essentiel dans le monde de mes pensées, que je n'aime pas la société et les amusements, et qu'en outre je ne suis pas toujours de bonne humeur, il y a peu d'espoir qu'une femme se sente un jour heureuse avec moi.

Parce qu'à mes yeux le véritable objectif de ma vie se situe au-delà des limites de mon existence personnelle, laquelle ne fut pour moi que le moyen d'atteindre cet objectif, il y aurait sacrifice de ce qu'il y a de plus important et de moins commun au profit des préoccupations communes si ma personne et ce que je possède cessaient d'être entièrement à ma disposition pour appartenir partiellement à quelqu'un d'autre. Pour m'assurer de cette libre et intégrale propriété de ma propre personne, j'ai renoncé à la possession de tout autre personne. Car pour qu'elle m'appartienne, il faut nécessairement que je lui appartienne...

Je considère mon héritage comme un trésor sacré qui ne m'est confié que pour résoudre la tâche qui m'a été soumise par la nature, pour être pour moi et pour l'humanité ce à quoi elle m'a destiné, comme un blanc-seing sans lequel je serais inutile pour l'humanité et aurais peut-être l'existence la plus misérable qu'ait jamais eu un être de ma sorte. Et il me semble donc que ce serait dévoyer de la plus ingrate et indigne façon un destin aussi rare que de vouloir, dans l'espoir si souvent déçu d'une vie plus riche en plaisirs, imaginer dépenser la moitié de mon revenu au bénéfice de marchands de modes, de tailleurs et de modistes.

Plus on est raisonnable et sage, plus on s'en sort mal dans sa relation avec la moitié déraisonnable de l'humanité, et ce à juste titre, car on se sera montré le plus insensé des deux en souscrivant une telle relation. À plus forte raison, quiconque ayant atteint l'âge de quarante ans sans s'être chargé du poids d'une femme et d'enfants aura appris bien peu de chose si passé cet âge-là il envisage encore de le faire. À mes yeux, c'est la même chose que d'avoir fait à pied les trois quarts du trajet d'une malle-poste et de vouloir encore s'acquitter du billet pour le trajet tout entier.

« *He that hath wife and children, hath given hostages to Fortune, for they are impediments to great enterprises, either of virtue or mischief. Certainly the best works and of greatest merit for the public have proceeded from the unmarried or childless men which both in affection and means have married and endowed the public.* »

[« Un homme ayant femme et enfants a donné des gages au destin, car ce sont des obstacles à de grandes entreprises, qu'elles soient vertueuses ou félonnes. Il est sûr que les plus grandes œuvres, les œuvres de plus de mérite pour la cause publique ont été le fait d'hommes célibataires ou sans enfants, qui ont fait bénéficier le bien public de leur affection et de leurs moyens. »]

BACON, *Essay of Marriage and Single Life*[34]

25

La plupart des hommes se laissent entraîner par un beau visage. Car en faisant en sorte que les femmes montrent d'un seul coup tous leurs bons côtés ou qu'elles fassent l'« effet d'une bombe », la nature les induit à en prendre une, alors même qu'elle dissimule les nombreux maux qu'elles entraînent : dépenses sans fin, tracas causés par les enfants, insoumission, entêtement, vieillissement, caractère acariâtre au bout de quelques petites années déjà, tromperies, cocufiage, lubies, crises d'hystérie, amants, j'en passe et des pires. Voilà pourquoi je dis que le mariage est une dette que l'on contracte dans sa jeunesse et que l'on paye dans sa vieillesse, et voilà pourquoi je me réclame de Baltasar Gracián quand il déclare qu'un quadragénaire est un chameau du simple fait qu'il a femme et enfants, car le but habituel de ce qu'on appelle la carrière des hommes jeunes se limite au fond à être la bête de somme d'une femme. Aux côtés des meilleurs d'entre eux, la femme passe en règle générale pour un péché de jeunesse. Le libre usage de leur temps, qu'ils emploient la journée durant à besogner pour leurs femmes, le philosophe en a besoin pour lui-même. L'homme marié porte le poids entier de la vie, celui qui ne l'est pas n'en porte que la moitié. Qui se consacre aux muses fait nécessairement partie de la seconde catégorie. D'où la constatation que presque tous les vrais philosophes sont restés célibataires. C'est le cas de Descartes, de Leibniz, de Malebranche, de Spinoza et de Kant. Les Anciens ne peuvent pas être pris en compte puisque chez eux les femmes occupaient une position inférieure. Mais les souffrances de Socrate sont bien connues, et

Aristote fut un homme de cour. À l'inverse, les grands poètes ont tous été mariés, et tous malheureux en mariage. Shakespeare a même porté une double paire de cornes. Les époux sont la plupart du temps des Papagenos à l'envers. Car si pour lui une vieille femme se transforme en une jeune avec une rapidité étonnante, pour eux, c'est avec une étonnante rapidité qu'une jeune femme se transforme en une vieille.

26

Matrimony = war and want ! Single blessedness = peace and plenty[35].

[Mariage = guerre et dénuement ! Célibat = paix et abondance.]

Même le chantre couronné de l'amour déclare :

« Quisquis requiem quaeris, foeminam cave, perpetuam officinam litium ac laborum. »

[« Quiconque cherche la paix se gardera de la femme, officine constante de querelles et de plaintes. »]

PÉTRARQUE, *De vita solitaria*[36]

27

Il n'est pas possible de maintenir les femmes à l'intérieur des limites de la raison sans user de la crainte. Or dans le mariage, il est nécessaire de les maintenir dans les limites du raisonnable parce qu'on a à partager avec elles ce que l'on a de meilleur. C'est ainsi qu'on perd en bonheur de l'amour ce qu'on gagne en autorité. Avec pour conséquence, par exemple, que la moitié de tous les crimes majeurs commis en Angleterre le sont entre conjoints.

28

En dotant mon cœur de suspicion, d'irritabilité, d'emportement et de fierté dans une proportion presque incompatible avec le *mens aequa* du philosophe, la nature a fait plus que le nécessaire pour l'isoler. J'ai hérité de mon père cette angoisse que je maudis moi-même et que je combats en employant toutes les ressources de ma force de volonté, mais qui parfois, sous les prétextes les plus ténus, s'empare de moi avec une telle violence que j'ai sous les yeux la manifestation physique d'un malheur à peine envisageable, ou du moins tout juste possible. Parfois, une effroyable imagination pousse cette disposition à un paroxysme incroyable. J'avais six ans quand, déjà, mes parents au retour d'une promenade me retrouvèrent un soir en proie au désespoir le plus total parce que je m'étais imaginé d'un seul coup qu'ils m'avaient abandonné à jamais. Adolescent, j'étais tourmenté par des maladies et des querelles imaginaires. À l'époque où j'étudiais à Berlin, je me crus un temps succombant à la consomption. Quand la guerre éclata en 1813, la crainte d'être contraint au service militaire me poursuivit. La peur de la variole me chassa de Naples, celle du choléra de Berlin. À Vérone, l'idée fixe d'avoir consommé du tabac à priser empoisonné s'installa en moi. Sur le point de quitter Mannheim [en juillet 1833], je fus envahi par un indicible sentiment d'angoisse sans la moindre cause extérieure. Des années durant, je fus poursuivi par la crainte d'un procès criminel à cause d'une certaine affaire berlinoise, la crainte de perdre ma fortune et la crainte que ma mère ne conteste la répartition de l'héritage. Si du bruit survenait la nuit, je me réveillais en sursaut pour empoigner dague et pistolets, que je maintenais constamment chargés. Même en l'absence de source d'excitation particulière, je porte en moi une inquiétude intérieure permanente qui me fait voir et chercher des dangers là où il n'y en a pas. Chez moi, elle exacerbe à l'infini la moindre répugnance et me complique au plus haut point tout contact avec la société des hommes.

29

La plupart des hommes ressemblent aux marrons d'Inde, qui ont l'aspect des vrais marrons, mais ne sont absolument pas comestibles[37]. (C'est le message de ce koural [verset] de Thiruvalluvar : « Le commun du peuple a l'aspect des hommes. Je n'ai jamais rien vu qui soit aussi semblable à l'homme[38] ! ») Pour un bon nombre, ils présentent un tel amalgame de vilénie et d'imbécilité qu'on a du mal à distinguer l'une de l'autre en eux. L'expression anglaise *a dull scoundrel* [une ennuyeuse fripouille] les caractérise au mieux. En conformité totale avec son caractère, Goethe inscrivit dans mon album personnel :

« Si tu veux tirer jouissance de ta valeur,
C'est à toi d'en conférer au monde[39]. »

Mais moi, je préférais emboîter le pas de Chamfort :

« Il vaut mieux laisser les hommes pour ce qu'ils sont que les prendre pour ce qu'ils ne sont pas. »

Rien de si riche qu'un grand soi-même[40] ! Presque tout contact avec les hommes est une *contamination**, un *défilement**. Leur nature est faite de telle sorte que l'homme le plus sage aura été celui qui, au cours de toute sa vie, se sera le moins compromis avec eux. Goethe a déploré le contraire, auprès d'Eckermann. Il faut avoir toujours présent à l'esprit, être pénétré par la conviction que nous sommes tombés dans ce monde par déchéance, que ce monde est peuplé d'êtres moralement et intellectuellement médiocres, du nombre desquels nous ne sommes pas, et dont on doit donc éviter la compagnie de toutes les façons possibles. Il faut se considérer et se comporter comme un brahmane parmi les shudras et les parias. Les quelques rares à être un peu mieux que les autres, il convient, selon le degré avec lequel ils se distinguent, de les estimer et de les honorer. C'est pour l'édification du reste d'entre eux que nous sommes nés, et non pour leur compagnie. Il faut s'habituer à les considérer comme une espèce qui nous est étrangère, qui n'est que la matière de notre action. Il convient de méditer quotidiennement sur leur misérable nature morale et intellectuelle, et de se convaincre qu'on n'a pas besoin d'eux, qu'on peut tout à fait rester à bonne distance d'eux. Puisque le plus vil et le plus infime d'entre eux est malgré tout notre semblable sur bien des points, en particulier du point de vue physique et moral, il cherchera toujours à mettre ces points-là en évidence et à ravaler à un rang accessoire ce qui fait que nous sommes meilleurs. Et puisqu'ils ne respectent que le pouvoir et la force, il faut pouvoir soit les mettre hors d'état de nuire soit les éviter. L'envie inhérente à la nature humaine fait nécessairement que ceux qui sont dépourvus d'esprit, les abrutis, nourrissent une aversion secrète à l'encontre de ceux qui habitent les sommets de l'esprit, et qu'un même sentiment anime les individus vils et de peu de valeur à l'encontre des hommes droits et nobles, même s'il arrive parfois que, parce qu'ils tirent quelque avantage et quelque agrément des objets mêmes de leur hargne secrète, ils en recherchent temporairement la compagnie. De même, ceux qui n'ont de cesse de chercher en vain chez les autres la noblesse des pensées ou le degré de clarté intellectuelle qu'ils possèdent eux-mêmes finiront forcément par les mépriser en silence. C'est là-dessus que repose le double isolement de l'être d'exception, dont le *bipes* [bipède] feint de ne pas voir la supériorité, quand il l'a remarquée, aussi instinctivement qu'un insecte fait le mort. Car il se la dissimule à soi-même.

30

La différence considérable entre mes semblables et les autres repose en grande partie sur le fait que les premiers ont un besoin urgent que les autres ignorent, et dont la satisfaction leur serait même dommageable : le besoin de disposer librement de leur temps pour penser et étudier. Cela change jusqu'au critère moral qu'on emploie pour juger des hommes semblables à moi, même si Périclès a raison quand il dit, au moment de mourir, qu'en fin de compte aucun *mérite* ne peut dans la balance faire contrepoids à une mauvaise conscience. C'est pourquoi avec les Anciens, avec Socrate et Aristote[41], je tiens le temps libre pour le plus précieux des biens terrestres. Quand il naît un homme comme moi, il reste à espérer du monde extérieur cette seule chose : que tout au long de sa vie, chaque jour et à chaque heure, il puisse autant que possible être soi-même et vivre pour son esprit.

Mais l'accomplissement de cette exigence est difficile dans un monde où le sort et la détermination de l'homme sont tout autres, où entre la pauvreté, qui nous prive de tout notre temps libre, et la richesse, qui s'emploie par tous les moyens possibles à le corrompre et à nous en priver, l'on doit naviguer comme entre Charybde et Scylla. C'est la nature qui détermine le sort de l'homme : travail le jour, repos la nuit, peu de temps libre, et ce qui fait le bonheur de l'homme, une femme et un enfant, qui seront son réconfort dans la vie et au moment de mourir. Or là où une nature qui diffère de la norme induit de grands besoins intellectuels et avec eux la possibilité de grands plaisirs intellectuels, le temps libre devient la condition primordiale du bonheur, condition qui appelle par voie de conséquence le renoncement volontaire au bonheur normal de l'homme, celui que femme et enfant prodiguent. L'individu de cette sorte appartient à une autre sphère. Reste que si des conditions de vie extérieures de ce type ne se produisent que fort rarement, elles sont la condition indispensable à la satisfaction de cette exigence différente. Ici, il faut que règne un destin favorable pour offrir à une nature exceptionnelle des conditions de vie exceptionnelles. Alors se produit ce dont Knebel a fait l'expérience à l'âge de quatre-vingt-dix ans : dans la vie de la plupart des hommes, on trouve un certain plan, qui semble tout tracé pour eux par leur propre nature ainsi que par les conditions dans lesquelles ils vivent. Les circonstances de leur vie auront beau être changeantes et sujettes à altérations, il se révèle en fin de compte un tout qui donne à voir une certaine harmonie de ces circonstances entre elles. Aussi cachée que puisse paraître son action, la main d'un certain destin se révèle. Peu importe si elle est mue par une action extérieure ou une impulsion intérieure. D'autant plus que des motivations contraires se meuvent souvent sur sa trajectoire[42].

31

On peut comparer la société habituelle à cette musique russe pour cor où chacun des cors n'a qu'une seule note et où la musique naît quand ils jouent ponctuellement tous ensemble. Car la monotonie de ce genre de cor à un seul son, c'est aussi celle de l'intelligence et de l'esprit de la très grande majorité des hommes. Nombre d'entre eux n'ont-ils pas l'air de n'avoir constamment qu'une seule et même pensée, incapables qu'ils sont d'en concevoir une quelconque autre[43] ?

32

Je partage l'avis de Thomas von Kempen (d'après Sénèque, *Epistulae*, 7) : « *Quoties inter homines fui, minor homo redii* » [« Toutes les fois que j'ai été dans la compagnie des hommes, j'en suis revenu homme moindre que je n'étais. » *L'Imitation de Jésus-Christ*, livre I, XX, 2]. Certes, Goethe déclare que la conversation fait encore plus de bien que la lumière[44]. Et pourtant, mieux vaut ne pas parler du tout que d'entretenir la maigre et poussive conversation qu'offrent habituellement les *bipedes* et où, pour des convenances aussi stupides que nécessaires, il n'est pas permis de dire les trois quarts de ce qui vous vient à l'esprit, où l'entretien n'est en réalité rien d'autre qu'un pénible exercice de corde raide sur le fil étroit de ce qu'il est consenti de dire sans danger. Si ce n'est avec l'ami ou l'élue de son cœur, chaque conversation laisse en règle générale un arrière-goût désagréable, un léger trouble de la paix intérieure. À l'inverse, chaque occupation de l'esprit avec soi-même se prolonge en une résonance bienfaisante. Quand je m'entretiens avec les hommes, j'en reçois les opinions, qui sont la plupart du temps fausses, convenues ou mensongères, et formulées dans la misérable langue de leur esprit. Quand je m'entretiens avec la nature, c'est dans toute sa vérité et sans dissimulation qu'elle livre l'être entier de chacune des choses dont elle parle, clairement, inépuisablement, et elle parle avec moi la langue de mon esprit. Mes pensées et leur transmission m'intéressent vivement, la chose est sûre. Mais en règle générale, il n'en va pas de même des *bipedes*. Cela ne les intéresse pas vraiment de penser et parler librement, leur intérêt pour ces deux choses n'est pas assez vif pour impliquer toute leur personne. D'où il s'ensuit qu'ils restent toujours très attentifs à leur environnement immédiat, sans que j'arrive à me figurer tout de suite pourquoi. Tandis que mon regard se fixe sur un point, le leur divague, et pour eux tout ce qui vient perturber l'écoute est bienvenu. Là où j'ai le plus de mal à prendre les hommes pour mes semblables, c'est quand par exemple je les vois faire du bruit pour rien, prêter l'oreille aux aboiements d'un chien, ou bien avoir des canaris.

33

À trente ans déjà, j'étais plus que las de devoir considérer comme mes semblables des êtres qui ne le sont en rien. Tant que le chat est jeune, il joue avec des boulettes de papier parce qu'il croit qu'elles sont vivantes, qu'elles sont semblables à lui. Mais une fois devenu grand, il sait ce que c'est et n'y touche plus[45]. Il s'est passé la même chose pour moi avec les *bipedes*. *Similis simili gaudet*[46] [Le semblable se réjouit de son semblable] : pour être aimé des hommes, il faudrait leur être semblable. Au diable cette idée ! Ce qui les rassemble et les fait tenir ensemble, c'est leur vulgarité, leur petitesse, leur insipidité, leur faiblesse d'esprit, leur médiocrité. D'où le salut que j'adresse à tous les *bipedes* : *pax vobiscum, nihil amplius* ! [Que la paix soit avec vous, et rien de plus !] Quand il est jeune, l'homme de noble espèce croit qu'entre les hommes, ce sont les relations *idéelles* – celles qui reposent sur une similitude de vues, de façons de penser, de goûts et de capacités intellectuelles – qui sont les plus importantes, qui comptent le plus pour créer des liens entre eux. Or il réalisera plus tard que l'important, ce sont les relations *réelles*, autrement dit celles qui s'appuient sur un quelconque intérêt matériel. Ce sont ces relations-ci qui constituent le fondement de presque tous les liens sociaux. On peut même dire que la majorité des hommes n'imagine pas qu'il en existe d'autres[47]. Plus vous vous élevez dans les hautes sphères de l'esprit, plus les hommes vous paraîtrons communs. C'est aussi indéniable que si trois cents pieds séparent la base d'une tour de son sommet, il y en aura aussi trois cents entre son sommet et sa base.

34

« Les cerceaux de fer dans lesquels mon cœur est enserré accroissent chaque jour un peu plus leur étreinte, de sorte qu'ils finiront par ne plus rien laisser s'épancher du tout. Tout ce que je peux dire, c'est que plus le monde est grand, plus la farce est mauvaise, et je jure qu'aucune plaisanterie grasse, qu'aucune facétie du comique guignolesque n'est aussi répugnante que l'être des grands, des moyens et des petits de ce monde, pris pêle-mêle. J'ai prié les dieux pour qu'ils préservent mon courage et ma rectitude jusqu'à la fin, et qu'ils consentent plutôt à avancer cette fin plutôt que de me laisser m'abaisser à ramper dans la dernière étape avant le terme. Je vénère les dieux, mais sens malgré tout suffisamment de courage en moi pour leur jurer une haine éternelle s'ils s'aventurent à se comporter vis-à-vis de nous comme le font les hommes. »

GOETHE à Charlotte von STEIN,
19 mai 1778[48]

Si l'on perçoit vivement dès le premier regard ce que les hommes ont d'extérieurement répugnant dans leurs physionomies et leurs manières, on ne sera pas tenté de faire plus ample connaissance avec eux, ce qui dans la plupart des cas est pur bénéfice. Les hommes sont ce qu'ils ont l'air d'être. Impossible de dire vraiment pire à leur sujet. Il suffit de considérer les visages auxquels on ne s'est pas encore habitué, et souvent, on aura honte d'être un homme. Une apparence très éloignée de la réalité est toujours un facteur de confusion et souvent de danger. C'est pourquoi je suis ravi quand le monde *apparaît* aussi vide à mes yeux qu'il l'est pour ma raison.

35

Tous les exemples vraiment frappants et éclatants de vilénie, de méchanceté, de trahison, de bassesse, d'envie, de bêtise et de perversité qu'il nous a été infligé de vivre et d'endurer, il ne faut surtout pas qu'on en fasse fi. Au contraire, il faut s'en servir comme *alimenta misanthropiae* [pour alimenter sa misanthropie], se les remettre constamment en mémoire, se les rendre présents à l'esprit, pour à leur suite garder constamment en tête quelle est la nature réelle des hommes et ne pas se compromettre avec eux de quelque façon que ce soit. Car on s'apercevra que les personnes au sujet desquelles on a appris ce genre de choses entretenaient souvent depuis des années des rapports avec nous sans que nous les ayons crus capables de telles choses, et que c'est par conséquent aux seules circonstances qu'ils doivent d'avoir été distingués. Quand on commence à se familiariser avec quelqu'un, il faut toujours garder à l'esprit que si l'on faisait plus ample connaissance avec lui, on serait vraisemblablement contraint de le mépriser ou de le haïr.

36

[Qu'il me soit permis d'espérer] que le soleil matinal de ma gloire baignera le soir de ma vie de l'or de ses premiers rayons pour lui enlever sa noirceur[49].

37

On a passé une si longue vie dans l'insignifiance, jouissant de peu de considération, et maintenant que c'est la fin, les voilà qui arrivent avec leurs tambours et leurs trompettes en croyant que ça veut dire quelque chose.

38

J'ai toujours espéré mourir facilement. Car quand on a vécu dans la solitude toute sa vie, on s'y entend mieux que d'autres à traiter cette affaire qu'on règle seul. Au lieu de finir au milieu des pitreries calibrées pour la misérable capacité des *bipedes*, je finirai avec la conscience heureuse de retourner là d'où je suis parti auréolé de grâce, et d'avoir accompli ma mission.

Maximes
et citations favorites

1

Ἅπας μὲν ἀὴρ αἰετῷ περάσιμος,
Ἅπασα δὲ χθὼν ἀνδρὶ γενναίῳ πατρίς.
[Tout le ciel est ouvert à l'aigle
Toute la terre est une patrie pour l'homme de valeur.]

EURIPIDE, *Fragments* [1047][1]

2

Οὐ τὸ ἡδὺ διώκει ὁ φρόνιμος ἀλλὰ τὸ ἄλυπον.

[Ce n'est pas au plaisir que l'esprit avisé aspire, mais à l'absence de douleur.]

ARISTOTE, *Éthique à Nicomaque*[2]

3

Magnum vectigal parsimonia.

[La parcimonie est une grande source de revenus.]

CICÉRON, *Paradoxes des Stoïciens*, I, 49 ;
De la République, 4, 7

4

Nemo potest non beatissimus esse qui est totus aptus ex sese quique in se uno sua ponit omnia.

[Nul ne peut manquer d'être heureux au plus haut point s'il se suffit totalement à lui-même, et s'il place en lui seul tout son avoir.]

CICÉRON, *Paradoxes des Stoïciens*[3]

5

Independence is a better cordial than tokay.

{L'indépendance est un meilleur cordial que le tokay.}

W. SHENSTONE,
Essays on Men and Manners[4]

6

Coetusque vulgares et udam
Spernit humum fugiente pinna.
{D'une aile dédaigneuse,
<la vertu> s'élève au-dessus du vulgaire
et de cette fange terrestre.}

HORACE, *Carmina {Poésies lyriques}*[5]

7

Nulli te facias nimis sodalem,
Gaudebis minus et minus dolebis.

{Ne vis avec personne dans une trop grande intimité.

Tu auras moins de jouissances, mais aussi moins de peines.]

MARTIAL, *Épigrammes*[6]

8

Il n'y a pas de dette plus fidèlement acquittée que le mépris.

HELVÉTIUS, *De l'esprit*[7]

9

Asno sea quien a asno bozea.
[Qui contre un âne crie en est un autre assurément.]

Proverbe espagnol[8]

10

Give the world its due in bows.

[Donnez au monde ce qui lui revient en matière de courbettes.]

SCHOPENHAUER

11

There is nothing by which a man exasperates most people more, than by displaying a superior ability of brilliancy in conversation. They seem pleased at the time ; but their envy makes them curse him at their hearts.

[Rien n'exaspère autant la plupart des gens qu'un homme qui fait preuve d'une disposition supérieure à briller dans la conversation. Sur le coup, ils semblent ravis ; mais leur envie les fait le maudire dans le fond de leur cœur.]

Samuel JOHNSON[9]

12

Der schlimmste Neidhart in dieser Welt –
Der jeden für seinesgleichen hält.

{Le pire envieux qu'il y ait en ce monde…
Celui qui tient tout un chacun pour son semblable.}

GOETHE[10]

13

Ti scongiuro, Nolano, per il divino tuo genio che ti difende et in cui ti fidi, che vogli guardarti di vili, ignobili, barbare et indegne conversazioni ; a fin che non contraggi per sorte tal rabbia e tanta ritrosía, che divenghi forse come un satirico Momo tra li dei, e come un misantropo Timon tra gli uomini.

{Je t'en conjure, Nolain, par ton propre génie divin, ce défenseur en qui tu mets toute ta confiance ; je te conjure d'éviter les débats ignobles et vils, indignes et barbares, de crainte que poussé par la rage et l'aversion, tu ne deviennes ce que sont le satirique Momus parmi les dieux et le misanthrope Timon parmi les hommes.]

Giordano BRUNO, *Cena delle Ceneri*
[Le Banquet des cendres][11]

14

The intellectual nature is its own law.
[La nature intellectuelle est sa propre loi.]

Richard PRICE[12]

15

Son esprit et son humour faisaient de lui un compagnon agréable en société, et bien que son noble cœur eût dû lui acquérir partout des amis, il n'en trouvait qu'en fort petit nombre. Comme sa perspicacité l'entraînait constamment à porter des jugements sur les hommes et les choses, ses décisions étaient souvent dures et tranchées.

Et quand il réglait son compte à un faible d'esprit qui avait vécu il y mille ans de cela, son auditeur avait souvent du mal à savoir, même en *tête-à-tête**, si l'allusion ne lui était pas destinée.

J. H. MERCK, *Lindor*[13]

16

Rien n'est plus pesant pour les hommes que la considération, la vénération qu'ils éprouvent – ou sont contraints d'éprouver – pour les qualités et les vertus des autres. Quand on ne veut pas que ce poids vous soit jeté au visage ou qu'il glisse peu à peu des épaules de ceux qui en sont ainsi chargés, il faut avoir constamment un poids à y rajouter. Il faut les écraser sous ce poids. Mais je ne prends pas sur moi la responsabilité de ce qu'entraînera le désespoir chez ceux qui sont affligés de la sorte.

F. M. KLINGER[14]

17

Si la supériorité de l'homme est corroborée par le fait qu'il constitue un être autonome et accompli à un degré plus élevé que tout individu d'une autre espèce, la supériorité d'un ordre plus élevé encore qui établit des distinctions entre les hommes eux-mêmes sera indéniablement liée au degré avec lequel un homme constitue en soi-même face à autrui cet être parfait, accompli et autonome. Un homme donc qui, dans ses opinions, ses actions, sa créativité et sa productivité ou sur tous les autres points où son existence entre en contact avec les êtres de son espèce, est comme en orbite autour de lui-même, et par la circularité de son être, si l'on peut dire, diverge de la sphère de ses semblables dans la mesure où il ne se crée entre lui et l'espèce humaine qu'un petit point d'assimilation, qu'une tangente. Un tel homme peut être compté sans conteste au nombre des êtres à la supériorité et à la grandeur insurpassables.

[BUCHHOLZ,]
Kabinet Berlinischer Karaktere[15]

Sources

Edita und Inedita Schopenhaueriana, E. Grisebach (éd.), Leipzig, Brockhaus, 1888.

Schopenhauer's Gespräche und Selbstgespräche {Schopenhauer : conversations et conversations avec soi-même}, E. Grisebach (éd.), Berlin, Ernst Hofmann & Co., 1898 ; 2e éd. élargie 1902.

Arthur Schopenhauers handschriftlicher Nachlass {Les manuscrits posthumes d'Arthur Schopenhauer}, E. Grisebach (éd.), 4 vol., Leipzig, Reclam, 1891-1893 (2e éd. 1895-1902 ; 3e éd. 1926-1931).

Sämtliche Werke {Intégrale de l'œuvre}, A. Hübscher (éd.), 7 vol., 3e éd., Wiesbaden, Brockhaus, 1972 ; 4e éd. revue par Angelika Hübscher, Mannheim, Brockhaus, 1988. Les citations d'œuvres publiées du vivant de Schopenhauer proviennent essentiellement de cette édition, en particulier des volumes II-III *(Die Welt als Wille und Vorstellung)* et V-VI *(Parerga und Paralipomena)*.

Der handschriftliche Nachlass {Manuscrits posthumes}, A. Hübscher (éd.), 5 vol., Francfort-sur-le-Main, Kramer, 1966-1975 ; réimp. Munich, Deutscher Taschenbuch Verlag, 1985.

Gespräche {Conversations}, A. Hübscher (éd.), Stuttgart/Bad Cannstatt, Frommann-Holzboog, 1971.

Gesammelte Briefe, A. Hübscher (éd.), Bonn, Bouvier, 1978. [Édition française : *Correspondance complète*, Paris, Alive, 1996.]

Origine des textes utilisés pour cette édition

1. Grisebach n° I ; Hübscher n° 4. Autour de 1822.
2. Grisebach n° XXX ; Hübscher n° 3. Autour de 1822.
3. Grisebach n° III ; Hübscher n° 5. Autour de 1822.
4. Grisebach n° XI ; Hübscher n° 6. Autour de 1822.

5. Grisebach n° VI ; Hübscher n° 7. Autour de 1822.
6. Grisebach n° VI ; Hübscher n° 1. Autour de 1821/22, sans doute avant le second voyage en Italie, commencé le 27 mai. *Cf.* lettre à Osann du 20 avril 1822 (Schopenhauer, *Gesammelte Briefe {Correspondance}*, p. 82).
7. Hübscher n° 2. Autour de 1821-1822.
8. Grisebach n° X ; Hübscher n° 8. Autour de 1822-1823.
9. Grisebach n° IX ; Hübscher n° 9. Autour de 1823.
10. Grisebach p. 148 ; Hübscher n° 10.
11. Grisebach n° IV ; Hübscher n° 11.
12. Grisebach n° V ; Hübscher n° 12. Postérieur à 1825.
13. Grisebach n° XIX ; Hübscher n° 13. Autour de 1826.
14. Hübscher, n° 14. Autour de 1828.
15. Grisebach n° XVIII ; Hübscher n° 15. Postérieur à 1829.
16. Hübscher n° 16. Postérieur à 1829.
17. Grisebach n° XX-XXI ; Hübscher n° 17. Postérieur à 1829.
18. Grisebach n° VII ; Hübscher n° 18. Postérieur à 1831.

19. Grisebach n° XXVII ; Hübscher n° 19. Postérieur à 1830.
20. Grisebach n° XV-XVI ; Hübscher n° 20.
21. Grisebach p. 147-148 ; Hübscher n° 21.
22. Grisebach n° XXVIII ; Hübscher n° 22. Autour de 1831.
23. Hübscher n° 23.
24. Grisebach p. 147, note 66 ; Hübscher n° 24. Autour de 1831.
25. Grisebach n° XII ; Hübscher n° 25. Autour de 1831.
26. Grisebach n° XIII ; Hübscher n° 26. Autour de 1831.
27. Grisebach n° XIV ; Hübscher n° 27.
28. Grisebach p. 164-165 ; Hübscher n° 28. Autour de 1833.
29. Grisebach n° XXIV-XXV ; Hübscher n° 29. Postérieur à 1836.
30. Grisebach n° II ; Hübscher n° 30. Postérieur à 1840.
31. Hübscher n° 31. Postérieur à 1840.
32. Grisebach n° VIII ; Hübscher n° 32. Postérieur à 1840.
33. Grisebach n° XXIII et XXII ; Hübscher n° 33. Autour de 1844.
34. Grisebach p. 149 et n° XXVI ; Hübscher n° 34. Postérieur à 1850.

35. Grisebach n° XVII ; Hübscher n° 35. Autour de 1852.
36. Grisebach p. 168, note ; Hübscher n° 36. Autour de 1855.
37. Grisebach n° XXXI ; Hübscher n° 37.
38. Grisebach p. 162, note ; Hübscher n° 38.

Notes

Toutes les notes, sauf indication contraire, sont de Franco Volpi.

Introduction

1. *Cf.* Pierre Courcelle, *Connais-toi toi-même. De Socrate à Saint Bernard*, 3 vol., Paris, Études augustiniennes, 1974-1975.

2. Traduction de L. Ferec. *Cf.* texte d'origine : « *Erkenne dich ! – Was soll das heißen ? / Es heißt : sei nur ! und sei auch nicht ! / Es ist eben ein Spruch der lieben Weisen, / Der sich in Kürze widerspricht. / Erkenne dich ! Was hab' ich da für Lohn ? / Erkenne ich mich, so muss ich gleich davon. / Als wenn ich auf den Maskenball käme / Und gleich die Larve vom Angesicht nähme.* », Johann Wolfgang von Goethe, *Sprüche*

{*Aphorismes*}, dans *Werke. Hamburger Ausgabe in 14 Bänden*, vol. I/1, Munich, Beck, 1981, p. 308.

3. *Cf. infra*, début du texte de Schopenhauer.

4. Ces traités ont été édités en allemand par F. Volpi. Pour les éditions françaises : *L'Art d'être heureux*, Paris, Seuil, « Points Essais », 2014 ; *L'Art de se faire respecter*, Belval-Strasbourg, Circé, 2004 ; *L'Art d'avoir toujours raison*, Paris, Fayard, « Mille et une nuits », 2003.

5. E. O. Lindner et J. Frauenstädt, *Arthur Schopenhauer. Von ihm. Über ihn* {*Arthur Schopenhauer. Écrits de sa plume. Écrits sur lui*}, Berlin, Hayn, 1863, p. 5-6.

6. *Cf.* Schopenhauer, *Gespräche* {*Conversations*}, nos 118-119 (avec Johann August Becker), nos 275-276 (avec Adam Ludwig von Doß), no 306 (avec Ernst Otto Lindner), no 351 (avec Robert von Hornstein).

7. E. O. Lindner et J. Frauenstädt, *op. cit.*, p. 6.

8. *Ibid.*, p. 5.

9. *Ibid.*, p. 6.

10. Schopenhauer, *Der handschriftliche Nachlass*, vol. IV/2, p. 292.

11. *Edita und inedita Schopenhaueriana*, E. Grisebach (éd.), p. 36.

12. Berlin, Ernst Hofmann & Co., 1898 (p. 95-123, notes explicatives p. 125-139) ; 2e éd. élargie 1902 (p. 120-130, notes explicatives p. 151-169).

13. *Arthur Schopenhauers handschriftlicher Nachlass,* vol. IV, E. Grisebach (éd.), p. 338-364.

1. *Cf. Parerga und Paralipomena*, vol. II, p. 635.
2. Repris dans *Pandectae* (1834), p. 160, voir *Der handschriftliche Nachlass*, vol. IV/1, p. 179.
3. Le pays en question est l'Italie, telle que la décrit Goethe dans le premier vers d'un poème tiré du *Wilhelm Meister* : « *Kennst du das Land, wo die Zitronen blühn ?* » [« Connais-tu le pays où fleurissent les citronniers ? »].
4. Il est possible que Schopenhauer fasse ici allusion à un éventuel mariage avec Caroline Richter Medon, chanteuse du chœur du Théâtre national de Berlin, dont il avait fait la connaissance en 1821 et avec laquelle il eut une longue relation amoureuse.
5. Il est de notoriété publique que la carrière universitaire de Schopenhauer a échoué à cause de la résistance des professeurs de philosophie et de son opposition irréductible et tenace à l'idéalisme qui régnait alors. Ses échanges orageux avec Hegel lui furent fatals. La première controverse acerbe eut lieu lors de l'entretien avec le jury qui suivit sa leçon probatoire, le 23 mars 1820, devant l'ensemble de la faculté de Berlin. Puis le jeune chargé de cours plaça ses enseignements au même horaire que celui où Hegel donnait son grand cours. Avec comme résultat que Schopenhauer n'eut quasiment aucun étudiant et qu'on dut rapidement supprimer ses

cours. Il renonça dès lors définitivement à faire une carrière universitaire. Sous le titre de *Über die Universitätsphilosophie {Contre la philosophie universitaire}*, il se livra dans le chapitre correspondant des *Parerga et Paralipomena* à un amer règlement de compte. Pour la trad. française, *cf.* Schopenhauer, *Contre la philosophie universitaire*, Paris, Rivages, « Petite Bibliothèque Rivages », 1994.

6. Allusion au procès que lui fit sa voisine, une certaine Caroline Marquet. Après une querelle sur le pas de la porte, où la commère s'entretenant à voix haute avec ses semblables gênait le philosophe dans ses pensées – ou bien, comme certains biographes mal intentionnés le laissent entendre, pendant l'un de ses discrets rendez-vous avec Caroline Medon –, ils en vinrent aux mains, et Schopenhauer blessa la bonne dame. À l'issue d'un long procès qui s'étira sur cinq bonnes années, Schopenhauer fut condamné pour coups et blessures à lui payer une rente à vie. Quand elle mourut, il fit un jeu de mot pour clore l'incident : *« Obit anus, abit onus »* (soit : « La vieille est morte, exit le fardeau »).

7. Cette anecdote est rapportée par ses « disciples » Julius Frauenstädt et Robert von Hornstein (Schopenhauer, *Gespräche*, n° 216, p. 96).

8. *Cf.* Chamfort, *Produits de la civilisation perfectionnée. Maximes et pensées, caractères et anecdotes*, Jean Dagen (éd.), Paris, Garnier-Flammarion, 1968, chap. I, § 38.

9. Shakespeare, Hamlet, I, 3, v. 78-80.

10. C'était le dernier mot de la pièce, prononcé par l'acteur dans la comédie antique. *Cf.* Cicéron, *De Senectute*, 19 ; Horace, *Ars poetica*, 135. Suétone fait dire ce mot à Auguste mourant (*Augustus*, 99, I).

11. Sentence possiblement formulée directement en latin par Schopenhauer.

12. *Cf.* Marc Aurèle, *Tà eis heautón*, XI, 13 ; pour la trad. française *cf. À soi-même*, Paris, Rivages, « Petite Bibliothèque Rivages », 2003.

13. *Cf.* Chamfort, *Produits de la civilisation perfectionnée*, chap. II, § 116. « L'Écriture a dit que le commencement de la sagesse était la crainte de Dieu ; moi, je crois que c'est la crainte des hommes. » Schopenhauer utilise également cette citation dans son avant-propos à la première édition de *Die beiden Grundprobleme der Ethik {Les deux problèmes fondamentaux de l'éthique}* (1841).

14. Sentence de Bias, l'un des sept sages (*cf.* Diogène Laërce, I, 5, 87 ; Stobée, III, 1, 172). Schopenhauer découvrit cette sentence dans une inscription gravée sous le buste de Bias au Vatican (*cf. Der handschriftliche Nachlass*, vol. III, p. 9), et on la trouve à plusieurs reprises dans ses écrits posthumes et dans ses lettres (par exemple dans sa lettre du 25 mai 1822 à Osann, et dans celle du 22 juin 1854 à Frauenstädt), *cf.* Schopenhauer, *Gesammelte Briefe*, p. 86-87, 346.

15. Giacomo Leopardi, *Pensieri*, XXIX, dans l'édition utilisée par Schopenhauer : *Opere*, vol. II, Antonio Ranieri (éd.), Florence, Le Monnier, 1845, p. 128.

16. *Ibid.*, p. 107.

17. Homère, *Iliade*, trad. de Paul Mazon, chant XXIII, v. 313, 343.

18. Schopenhauer emploie le concept de *Weltklugheit* (intelligence du monde) pour rendre le terme espagnol de *prudencia* dans la traduction qu'il fait, en 1829, de l'*Oráculo manual y arte de prudencia* de Baltasar Gracián ; pour la trad. française *cf. L'Art de la prudence*, Paris, Rivages, « Petite Bibliothèque Rivages », 1994.

19. Ces deux paragraphes ont été utilisés dans les *Parerga und Paralipomena*, vol. I, p. 493.

20. L'expression est de Baltasar Gracián, *cf. Parerga und Paralipomena*, vol. II, p. 86.

21. *Cf.* Plaute, *Asinaria (La Comédie des Ânes)*, II, v. 495 : *« lupus est homo homini, non homo, quom qualis sit non novit »* [« L'homme est un loup pour l'homme, pas un homme, quand il ne sait pas de quelle espèce il est »] ; *cf.* également Pline l'Ancien, *Histoire naturelle*, VII, 1 ; Sénèque, *Lettres à Lucilius*, 103, 1.

22. Néologisme forgé par Schopenhauer.

23. *Cf.* Giordano Bruno, *Opere*, vol. II, A. Wagner (éd.), Leipzig, Weidmann, 1830, p. 408.

24. Christian Ewald von Kleist, *Sehnsucht nach Ruhe {Aspiration à la tranquillité}*, v. 120, dans *Sämtliche Werke*, Karlsruhe, Schmieder, 1776, 1re partie, p. 102.

25. Dans son exemplaire personnel, Schopenhauer a souligné ce passage : Pétrarque, *De vita solitaria*, Berne, Joannes le Preux 1605, p. 14 ; pour la trad. française *cf. La Vie solitaire*, Paris, Rivages, « Petite Bibliothèque Rivages », 1999.

26. *Cf. Spicilegia* (1839), p. 145, dans *Der handschriftliche Nachlass,* vol. IV/1, p. 257.

27. Ovide, *Remedia amoris {Remèdes à l'amour}*, trad. de A.-M. Ozanam, v. 293-294.

28. *Cf.* Goethe, *Hypochonder {L'Hypocondriaque}*, dans *Werke. Hamburger Ausgabe*, vol. I, p. 133 : « Que le diable emporte l'espèce humaine ! / C'est à devenir fou ! / Aussi me promets-je véritablement / De ne plus voir personne / Et d'abandonner le peuple à Dieu, / À soi-même et au diable ! / Mais à peine entrevois-je un visage humain / Que je m'en entiche à nouveau. » (Trad. de L. Ferec).

29. C'est-à-dire de son *Oráculo manual y arte de prudencia*, que Schopenhauer a traduit en allemand. *Cf. Der handschriftliche Nachlass,* vol. IV/2, p. 264.

30. William Shenstone, *Essays on Men and Manners*, Londres, J. Cundee, 1802, p. 41, 163.

31. Propos que Schiller met dans la bouche du tyran Philippe II, isolé dans l'exercice absolu du pouvoir. *Cf. Don Carlos*, III, 5, v. 2808 *{NdT.}*

32. Schopenhauer donne la citation intégrale dans les compléments au *Monde comme volonté et représentation*, livre I, chap. XV : « *To feel me in the solitude of kings, / Without the power that makes them bear a crown.* » [« Me sentir dans la solitude des rois, / Mais sans le pouvoir qui place la couronne sur leur tête. »], Lord Byron, *Prophecy of Dante*, I, v. 166.

33. Th. Moore, *Letters and Journals of Lord Byron (with Notices of His Life)*, vol. I, Bruxelles-Paris, A. et W. Galignani, 1830, p. 499.

34. Schopenhauer a souligné ce passage dans son exemplaire personnel de l'œuvre : Francis Bacon, *The Essays, or Councils, Civil and Moral,* Londres, H. Clark, 1718, p. 17.

35. Schopenhauer a lui-même formulé cette maxime directement en anglais, dans une lettre à David Asher datée du 4 novembre 1858 : « *To marry or not, is the question : – Question ?!! I'll give you a sound maxim of my own making, though it's in English : "Matrimony = war and want ! Single blessedness = peace and plenty." Stick to that. This, by the bye, is an Alliteration ; the Germans call it a Staffrime. But what's that to us ?* » (Schopenhauer, *Gesammelte Briefe*, p. 438).

36. Dans l'exemplaire personnel de Schopenhauer, ce passage est souligné au crayon : Pétrarque, *De vita solitaria*, *op. cit.*, livre II, section III, chap. III, p. 142.

37. *Cf. Parerga und Paralipomena*, vol. II, dans une note : « Il y a une vingtaine d'années de cela, je caressai l'idée de me faire faire une tabatière dont le couvercle serait orné, possiblement en mosaïque, de deux beaux marrons, avec une feuille qui trahirait le fait qu'il s'agisse de marrons d'Inde. La fonction de ce symbole serait précisément de me rappeler à tout moment cette pensée : Le commun des mortels a l'apparence de l'humanité ; je n'ai jamais rien vu qui lui soit aussi semblable. » (Trad. de L. Ferec).

38. *Cf.* Thiruvalluvar, *Le Tirukkural (Koural)*, poème gnomique sur les trois buts auxquels aspire l'homme. Trad. allemande de Karl Graul, Leipzig, Dörffling & Franke, 1856, p. 140. Schopenhauer cite ce passage dans les *Parerga und Paralipomena*, vol. II.

39. Goethe, *Sprichwörtlich {Proverbes}*, dans *Werke. Weimarer Ausgabe*, vol. II, réimp. Munich, Deutscher Taschenbuch Verlag, 1987, p. 230.

40. Ce complément à la maxime de Chamfort est dû à Schopenhauer lui-même.

41. Diogène Laërce, II, 31 ; Aristote, *Éthique à Nicomaque*, X, 7, 1177b 4.

42. K. L. Knebel, *Literarischer Nachlass und Briefwechsel {Œuvres littéraires posthumes et correspondance}*, vol. III, K. A. Vernhagen von Ense et T. Mundt (éd.), Leipzig, Reichenbach, 1840, p. 452. *Cf.* Schopenhauer, *Parerga und Paralipomena*, vol. I, p. 218.

43. Repris dans les *Parerga und Paralipomena*, vol. I, p. 451.

44. *Cf.* Goethe, « *Das Märchen* » dans *Unterhaltungen deutscher Ausgewanderter* [« Le Conte », dans *Causeries d'émigrés allemands*, trad. J.-P. Lefebvre, Paris, Imprimerie nationale, 1997, p. 138] : « À peine le serpent avait-il aperçu ce vénérable portrait, que le roi se mit à parler et lui demanda, "D'où viens-tu ? – Des crevasses, répondit le serpent, où habite l'or. – Qu'y a-t-il de plus magnifique que l'or ? demanda le roi. – La lumière, répondit le serpent. – Qu'est-ce qui fait plus de bien que la lumière, demanda-t-il encore. – Les paroles échangées", répondit le serpent. »

45. Cette comparaison est développée dans *Spicilegia* (1842). *Cf. Der handschriftliche Nachlass*, vol. IV/1, p. 289.

46. *Cf.* Saint Augustin, *De spiritu et littera*, 14, conformément à la doctrine antique : *simile simili cognoscitur* [Le semblable se connaît par le semblable]. On trouve déjà cette pensée chez Homère (*Odyssée*, XVII, 218) et chez Empédocle (frag. 109), et Schopenhauer y revient plusieurs fois ailleurs dans son œuvre.

47. « L'homme de noble espèce, pendant sa jeunesse, croit que les relations essentielles et décisives, celles qui créent les liens véritables entre les hommes, sont de nature idéale, c'est-à-dire fondées sur la conformité de caractère, de tournure d'es-

prit, de goût, d'intelligence, etc. ; mais il s'aperçoit plus tard que ce sont les réelles, c'est-à-dire celles qui reposent sur quelque intérêt matériel. Ce sont celles-ci qui forment la base de tous les rapports, et la majorité des hommes ignore totalement qu'il en existe d'autres. » *Cf. Parerga et Paralipomena, Aphorismes sur la sagesse de la vie, chapitre V, Parénèses et maximes, De notre conduite envers nous-mêmes*, § 32, trad. J. Cantacuzène, Paris, Alcan, 1887, p. 236-237.

48. Reprise approximative d'une citation tirée de *Goethes Briefe an Frau von Stein aus den Jahren 1776 bis 1826 {Lettres de Goethe à Frau von Stein (1776 à 1826)}*, vol. I, Adolf Scholl (éd.), Weimar, Verlag des Landes-Industrie-Comptoirs, 1848-1851, p. 169.

49. Schopenhauer écrit des choses semblables dans son projet de préface à la troisième édition du *Monde comme volonté et représentation* : « *Si quis toto die currens pervenit ad vesperum satis est* [Parvenu au soir, quelqu'un qui court toute la journée sera satisfait]. Eh bien, voilà qui est fait, le crépuscule de ma vie sera l'aurore de ma renommée. » (Phrase allemande dans *Senilia*, p. 84 du manuscrit originel, 1856).

1. Euripide, *Fragments* [1047], trad. François Jouan, Paris, Les Belles Lettres, 2003, p. 90.

2. Aristote, *Éthique à Nicomaque*, VII, 1152b 15-16.

3. Cicéron, *Paradoxes des Stoïciens*, II, 17. Trad. Jean Molager, Paris, Les Belles Lettres, 1971. *Cf. Tusculanae disputationes*, V, 36 ; *Epistulae ad familiares*, V, 13, I, 7.

4. William Shenstone, *Essays on Men and Manners*, Londres, J. Cundee, 1802, p. 195. Citation approximative, Shenstone dit exactement : « *Liberty is a more invigorating cordial than tokay.* »

5. Horace, *Carmina (Poésies lyriques)*, III, 2, 23, trad. J.-F. Stiévenart, Paris, Hachette, 1828.

6. Martial, *Épigrammes*, livre XII, 34, 10, trad. V. Verger, N. A. Dubois et J. Mangeart, Paris, Pancoucke, 1885.

7. Helvétius, *De l'esprit*, Paris, Durand, 1758, p. 86. Souligné dans l'exemplaire personnel de Schopenhauer.

8. Trad. M. Benigni, P. Gimié.

9. James Boswell, *Life of Samuel Johnson*, Londres, Henry Washbourne, 1848, p. 490.

10. Goethe, *Égalité*, dans *Werke. Hamburger Ausgabe*, vol. I, *op. cit.*, p. 321.

11. Giordano Bruno, *Cena delle Ceneri {Le Banquet des cendres}*, trad. Y. Hersant, Sommières, Éd. de l'Éclat, 1988, p. 129-130. Citation abrégée de *Opere*, vol. I, *op. cit.*, p. 198-199. Ce passage est souligné dans l'exemplaire personnel de Schopenhauer.

12. Citation provenant vraisemblablement de *A Free Discussion of the Doctrine of Materialism, and Philosophical Necessity, in a Correspondance between Doctor Price, and Doctor Priestley*, Londres, J. Johnson and T. Cadell, 1778.

13. Johann Heinrich Merck, *Ausgewählte Schriften zur schönen Literatur und Kunst {Écrits choisis sur la belle littérature et l'art}*, Adolf Stahr (éd.), Oldenburg, Schulzesche Buchhandlung, 1840, p. 157.

14. Citation provenant vraisemblablement de Friedrich Maximilian Klinger, *Der Weltmann und der Dichter {L'Homme du monde et le poète}*, Leipzig, Hartknoch, 1798. Schopenhauer possédait un exemplaire de ce livre, mais il a été perdu.

15. Paul Ferdinand Friedrich Buchholz, *Kabinet Berlinischer Karaktere*, Berlin, Dunker & Humblot, 1808, p. 6. Schopenhauer mentionne aussi cet ouvrage dans les *Parerga und Paralipomena*, vol. I, p. 102.

Table

Rivages poche/Petite Bibliothèque
Collection dirigée par Lidia Breda

Dernières parutions

Walter Benjamin	*Dernières lettres* (n° 827)
Joseph Roth	*Confession d'un assassin racontée en une nuit* (n° 826)
A. Dufourmantelle	*Éloge du risque* (n° 825)
Montaigne	*De la vanité* (n° 63)
Ambrose Bierce	*Le Dictionnaire du Diable* (n° 821)
Martin Heidegger	*De l'origine de l'œuvre d'art* (n° 820)
Cesare Beccaria	*Des délits et des peines* (n° 819)
Giorgio Agamben	*Qu'est-ce qu'un dispositif ?* (n° 569)
Hippolyte Taine	*Vie et opinions philosophiques d'un chat* (n° 601)
Virginia Woolf	*Suis-je snob ?* (n° 734)
Mme du Châtelet	*Discours sur le bonheur* (n° 221)
H. de Saint-Simon	*De la réorganisation de la société européenne* (n° 817)
B. de Saint-Pierre	*Éloge historique et philosophique de mon ami* (n° 816)
Edith Wharton	*Beatrice Palmato* (n° 815)
Sénèque	*De la colère* (n° 814)
D. Noguez	*Comment rater complètement sa vie en onze leçons* (n° 438)
E. Levinas	*La Compréhension de la spiritualité* (n° 810)
I. de Loyola	*Exercices spirituels* (n° 788)
Rose Bertin	*Mémoires sur Marie-Antoinette* (n° 811)
Vivant Denon	*Point de lendemain* (n° 807)
A. Tchekhov	*Une plaisanterie, et autres nouvelles* (n° 808)
Fougeret de Monbron	*Le Cosmopolite ou le citoyen du monde* (n° 765)
Wanda von Sacher-Masoch	*Confession de ma vie* (n° 709)
Simone Weil	*L'Iliade ou le poème de la force* (n° 674)
Origène	*Au commencement était le Verbe* (n° 805)

Dante	*L'Enfer* (n° 804)
R. M. Rilke	*Poupées* (n° 803)
Jane Austen	*Amour et amitié* (n° 802)
Machiavel	*Lettres à Francesco Vettori* (n° 800)
Emanuele Coccia	*La Vie sensible* (n° 801)
Cicéron	*Du destin* (n° 799)
Théophile Gautier	*Charles Baudelaire* (n° 798)
J. M. Barrie	*Peter Pan* (n° 796)
M. Renouard	*La Réforme de l'opéra de Pékin* (n° 795)
J. M. Keynes	*Deux souvenirs* (n° 793)
B. Franklin	*Conseils pour se rendre désagréable* (n° 792)
C. de Foucauld	*Déserts* (n° 750)
J.-H. Fabre	*Une ascension au mont Ventoux* (n° 791)
Edith Wharton	*La Plénitude de la vie* (n° 790)
Franz Hessel	*Flâneries parisiennes* (n° 789)
Joseph Conrad	*Amy Foster* (n° 787)
Virginia Woolf	*Lettre à un jeune poète* (n° 785)
Stefan Zweig	*La Peur* (n° 783)
Giorgio Agamben	*De la très haute pauvreté* (n° 781)
K. et J. Marx	*Lettres d'amour et de combat* (n° 782)
Anatole France	*Le Livre de mon ami* (n° 779)
J. Conrad - F.M. Fox	*La Nature d'un crime* (n° 778)
F. Schlegel	*Philosophie de la vie* (n° 776)
W. Morris	*Comment nous vivons, comment nous pourrions vivre* (n° 775)
Stefan Zweig	*Le Désarroi des sentiments* (n° 774)
Marc Bekoff	*Les Émotions des animaux* (n° 773)
Charles Dickens	*Londres, la nuit* (n° 770)
S. Freud - S. Zweig	*Correspondance* (n° 166)
Charles Dickens	*Les Carillons* (n° 769)
H. D. Thoreau	*Les Forêts du Maine* (n° 771)
Alma Mahler	*Journal intime* (n° 768)
Arthur Schnitzler	*Journal* (n° 767)
David Lodge	*À la réflexion* (n° 766)
Roger Nimier	*Les Indes galandes* (n° 64)
H. Hesse	*Une bibliothèque idéale* (n° 763)
Giorgio Agamben	*Nudités* (n° 760)
Virginia Woolf	*Elles* (n° 759)
A. Gramsci	*Pourquoi je hais l'indifférence* (n° 746)
Pétrarque	*Sur sa propre ignorance* (n° 755)

Ludwig Tieck	*Le Chat botté* (nº 754)
Edith Wharton	*Paysages italiens* (nº 753)
H. de Balzac	*Traité de la vie élégante* (nº 752)
Italo Svevo	*Court voyage sentimental* (nº 751)
S. Kierkegaard	*La Crise dans la vie d'une actrice* (nº 749)
Lola Montès	*L'Art de la beauté* (nº 748)
Marc Augé	*Pour une anthropologie de la mobilité* (nº 747)
Mme de Staël	*Dix années d'exil* (nº 744)
James Joyce	*Lettres à Nora* (nº 741)
Clarice Lispector	*Le Seul moyen de vivre* (nº 743)
Franz Kafka	*Cahiers in-octavo* (nº 742)
Mori Ôgai	*Chimères* (nº 739)
Walter Benjamin	*Critique et utopie* (nº 737)
Léon Tolstoï	*Lettres à sa femme* (nº 738)
Épictète	*Ce que promet la Philosophie* (nº 735)
Virginia Woolf	*Une pièce bien à soi* (nº 733)
A. Dufourmantelle	*En cas d'amour* (nº 732)
Charles Nodier	*Questions de littérature légale* (nº 731)
Carlo Ossola	*En pure perte* (nº 730)
Nikolaï Leskov	*Le Voyageur enchanté* (nº 728)
John Ruskin	*La Bible d'Amiens* (nº 725)
H. de Balzac	*Petites misères de la vie conjugale* (nº 724)
Jackie Pigeaud	*Melancholia* (nº 726)
William Temple	*Sur les jardins d'Épicure* (nº 720)
William Morris	*L'Art et l'Artisanat* (nº 719)
John Ruskin	*Sésame et les Lys* (nº 718)
Ippolita	*Le Côté obscur de Google* (nº 709)
Chantal Thomas	*L'Esprit de conversation* (nº 706)
G. Leopardi	*Chants* (nº 717)
L. Binswanger – A. Warburg	*La Guérison infinie* (nº 716)
P. B. Shelley	*Défense de la poésie* (nº 714)
Hofmannsthal	*Lettres du retour* (nº 713)
Giorgio Agamben	*La Puissance de la pensée* (nº 712)
Rob Nairn	*Qu'est-ce que la méditation ?* (nº 711)
F. de la Motte-Fouqué	*Ondine* (nº 710)
Franz Kafka	*Lettres à Max Brod* (nº 708)
Jean Jaurès	*Le Socialisme et la Vie* (nº 686)

Nicolas de Cues	*La Docte Ignorance* (n° 704)
Lewis Carroll	*Lettres à Alice* (n° 703)
F. S. Fitzgerald	*L'Effondrement* (n° 701)
Walter Benjamin	*Enfance* (n° 699)
Mark Twain	*La Liberté de parole* (697)
Léon Tolstoï	*L'Évangile expliqué aux enfants* (n° 696)
C. M. Schulz	*Play It Again, Schroeder !* (n° 695)
Augustin	*Soliloques* (n° 694)
R. W. Emerson	*Société et solitude* (n° 692)
C. Deneuve – A. Desplechin	*Une certaine lenteur* (n° 690)
Théophraste	*Caractères* (n° 688)
Alexander Pope	*La Boucle de cheveux enlevée* (n° 687)
Marc Augé	*Éloge de la bicyclette* (n° 685)
Jackie Pigeaud	*Que veulent les femmes ?* (n° 684)
A. Prévost-Paradol	*Madame de Marçay* (n° 682)
C. et M. Lamb	*Les Contes de Shakespeare* (n° 681)
Arthur Schnitzler	*Double rêve* (n° 680)
Rudyard Kipling	*Paroles de chien* (n° 679)
C. M. Schulz,	*Super Snoopy* (n° 678)
John Keats	*Lettres à Fanny* (n° 677)
William Blake	*Chants d'innocence* (n° 676)
Anatole France	*La Révolte des anges* (n° 673)
Benedetto Croce	*Pourquoi nous ne pouvons pas ne pas nous dire « chrétiens »* (n° 672)
D'Holbach	*Essais sur l'art de ramper* (n° 670)
Marc Augé	*La Communauté illusoire* (n° 669)
Rudyard Kipling	*Dans la jungle* (n° 667)
R. Appignanesi	*Walter Benjamin* (n° 666)
Kurt Tucholsky	*Chroniques parisiennes* (n° 665)
A. Schopenhauer	*Petits écrits français* (n° 664)
Sacher-Masoch	*La Vénus à la fourrure* (n° 661)
Mlle Aïssé	*Lettres à Madame C**** (n° 660)
Isaiah Berlin	*La Liberté et ses traîtres* (n° 659)
F. de Towarnicki	*De petits points lumineux d'espoir* (n° 645)
Pierre Sansot	*Ce qu'il reste* (n° 657)
Jackie Pigeaud	*Poésie du corps* (n° 656)
Charles Darwin	*Écrits intimes* (n° 647)
Laurence Sterne	*Voyage sentimental en France et en Italie* (n° 654)

Pétrarque	*Séjour à Vaucluse* (n° 653)
C. M. Schulz	*Sally à l'école* (n° 652)
Samuel Butler	*Contrevérités* (n° 651)
William Thackeray	*Le Livre des snobs* (n° 650)
Marcel Proust	*Les Intermittences du cœur* (n° 646)
Martin Heidegger	*Remarques sur art – sculpture – espace* (n° 640)
Cicéron	*L'Orateur idéal* (n° 639)
Günther Anders	*La Haine* (n° 642)
Augustin	*Confessions portatives* (n° 641)
Rudyard Kipling	*La Plus Belle Histoire du monde* (n° 638)
D.H. Lawrence	*Lettres à K. Mansfield* (n° 635)
Voltaire	*Lettres (1711-1778)* (n° 634)
Zygmunt Bauman	*Vies perdues* (n° 633)
Michel Surya	*De l'argent* (n° 632)
Joseph Conrad	*Un avant-poste du progrès* (n° 631)
David Lodge	*L'Art de la fiction* (n° 630)
M. Tsvétaïéva	*Matins bénis* (n° 627)
Charles Darwin	*Le Corail de la vie* (n° 623)
Mme de Scudéry	*Du mensonge* (n° 625)
R. L. Stevenson	*Devenir écrivain* (n° 624)
James Hillman	*La Trahison et autres essais* (n° 626)
Lucien	*Sur le deuil* (n° 619)
Léon Bloy	*Le Symbolisme de l'apparition* (n° 618)
Giorgio Agamben	*Qu'est-ce que le contemporain ?* (n° 617)
Mencius	*Le Livre de Mencius* (n° 615)
C. M. Schulz	*Le Doudou de Linus* (n° 614)
Sade	*Voyage à Naples* (n° 613)
Sainte-Beuve	*Madame du Deffand* (n° 608)
J.-F. de Bastide	*La Petite maison* (n° 607)
H. Bergson	*La Politesse* (n° 610)
Franz Kafka	*Journal intime* (n° 609)
G. Palante	*Le Bovarysme* (n° 605)
H. Melville	*Le Bonheur dans l'échec* (n° 604)
Virginia Woolf	*L'Écrivain et la Vie* (n° 600)
R. M. Rilke - M. Tsvétaïéva	*Est-ce que tu m'aimes encore ?* (n° 595)
R. M. Rilke	*Mitsou* (n° 597)
Plutarque	*Consolation à Apollonios* (n° 596)
Italo Svevo	*Vie conjugale* (n° 594)

Mise en pages
PCA – 44400 Rezé

Imprimé par CPI Black Print (Barcelone)
en août 2024

Imprimé en Espagne